世にも奇妙な物語

ドラマノベライズ 逃げられない地獄編

小川 彗・著
上地優歩・絵
鈴木勝秀　武井彩　落合正幸　ふじきみつ彦・脚本

集英社みらい文庫

世《よ》にも奇《き》妙《みょう》な物《もの》語《がたり》

ドラマノベライズ
逃《に》げられない地《じ》獄《ごく》編《へん》

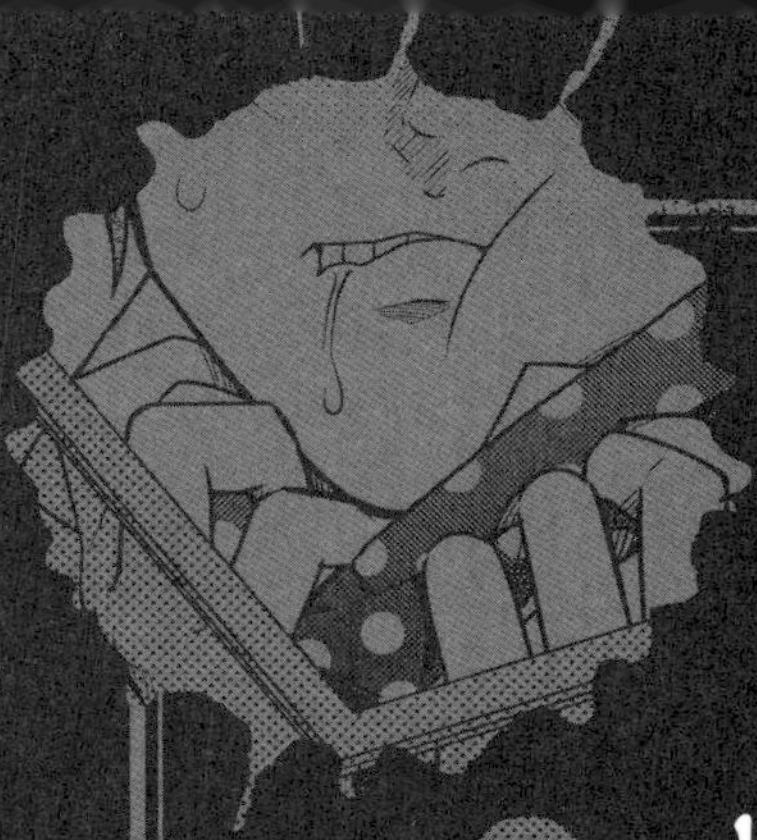

トイレの落《らく》書《がき》

脚本《きゃくほん》◆鈴《すず》木《き》勝《かつ》秀《ひで》

地下鉄《ちかてつ》の通《とお》るゴオッ、という低《ひく》い音《おと》が、通路《つうろ》の中《なか》にまでひびいて聞《き》こえる。

オレは押本《おしもと》。25歳《さい》、見習《みなら》い建築《けんちく》デザイナー。

うす暗《ぐら》いその中《なか》を案内板《あんないばん》の通《とお》りに進《すす》みながら、思《おも》わずぶるりとみぶるいをした。

「クッソ……迷路《めいろ》みたいだな。遠《とお》すぎないか？」

学生時代《がくせいじだい》の友人《ゆうじん》の結婚式《けっこんしき》のために、はじめておりた駅《えき》だった。

最終電車《さいしゅうでんしゃ》をのこすのみとなったこの時間《じかん》。

見《み》たところオレ以外《いがい》にはだれもいない。

乗客《じょうきゃく》どころか駅員《えきいん》の姿《すがた》も見《み》えないのは、職務怠慢《しょくむたいまん》なんじゃないのか。

目的《もくてき》の場所《ばしょ》を聞《き》きたいのに聞《き》けなくて、なんだかイライラしてきてしまう。

「いったい、この国《くに》はどうなってるんだ？　経済《けいざい》ばっかりデカくなっても、こういうところがダメなんだよ！　オモテナシの精神《せいしん》はどこだ！」

なんのへんてつもない直線通路《ちょくせんつうろ》のまん中《なか》に、『トイレ』と書《か》かれたうすい表示《ひょうじ》を見《み》つけて、オレはつい走《はし》りだしそうになった。

そう、つまり。

オレはいま、トイレにいきたくてしかたがない。

「だからいつまでたってもナメられるんだよ！　だいたいなあ！　食《く》ったらでる！　人間《にんげん》にとっていちばん大切《たいせつ》なことだろ！」

角《かど》をまがると、また案内板《あんないばん》。

デパートなんかでよく見《み》るおなじみの黒《くろ》い三角《さんかく》と丸《まる》のマークの下《した》に矢印《やじるし》がある。

目的《もくてき》の場所《ばしょ》は近《ちか》いらしい。

「落《お》ちつけ……落《お》ちつけ、オレ。カッコ悪《わる》いことはすんなよ……？　失敗《しっぱい》したらシャレになんねえぞ？　シミュレーションだ。入《はい》ったらまずいちばん近《ちか》い戸《と》をあける、ベルトを外《はず》す、チャックをおろす、それから――……」

小《ちい》さいガキじゃないんだ。

いくら限界《げんかい》が近《ちか》いからって、おとなげなくトイレに駆《か》けこみたくもないし、ましてや急《いそ》ぎすぎて失敗《しっぱい》なんてしたら目《め》も当《あ》てられない。男《おとこ》として、プライドの問題《もんだい》だ。

もう少《すこ》し……もう少《すこ》しだけのしんぼうだ……

「戸《と》をあける、ベルトを外《はず》す、戸《と》をあける、ベルトを外《はず》す……」

はやる気持《きも》ちをおさえながら、オレはようやくトイレに足《あし》をふみ入《い》れた。

「っしゃあ！」

やけにボロいが、入《はい》ってしまえばこっちのものだ。

トイレの個室《こしつ》は全部《ぜんぶ》で４つ。

なんだか試練《しれん》に打《う》ち勝《か》ったかのような満《み》たされた気分《きぶん》で、オレはいちばん手前《てまえ》の戸《と》をいきおいよくあけ、

ガコッ！


「なんだよ、クソッ！　こわれてんじゃねえか！」

いきなりかたむいた戸《と》をあわてて押《お》しかえしながらさけんでしまった。どうやら蝶《ちょう》つがいが外《はず》れかかっていたらしい。こんなときについていない。急《いそ》いでとなりの戸《と》をあけようとして――

ガチャガチャガチャッ！


「はぁ!?」

鍵《かぎ》がかかっているようだ。わかりづれえ！

これだから旧式《きゅうしき》の公衆《こうしゅう》トイレはいやなんだ。取《と》っ手《て》の下《した》を見《み》てみても、開閉《かいへい》をしめす赤《あか》色《いろ》にもなっていないからわからなかったじゃないか。

中《なか》に入《はい》っていた人《ひと》にはちょっと悪《わる》いことをした。

「クソッ」

なんとなくとなりの個室《こしつ》で用《よう》を足《た》すのはいやな気《き》がして、いちばん奥《おく》のトイレをあけ、オレはようやく中《なか》に入《はい》り――

「ウソだろ……」

今度《こんど》は鍵《かぎ》が完全《かんぜん》にこわれている。扉《とびら》はまったくしまらない！　丸見《まるみ》えだ！

「バカヤロ……！」

転《ころ》がるように飛《と》びだして、オレはとなりの個室《こしつ》に移動《いどう》した。ここも建《た》てつけが悪《わる》いのか、なかなか鍵《かぎ》がかかりにくい。けど、どうにかこうにか力《ちから》わざでクリアする。限界《げんかい》が近《ちか》すぎてふるえだしそうになる指先《ゆびさき》でベルトを外《はず》し、ズボンをさげて、ようやくオレは全《ぜん》ミッションをクリアした。

「ふー……」

思《おも》わずためいきをついていると、となりでカサカサと新聞紙《しんぶんし》のこすれあう音《おと》が聞《き》こえてきた。

そういえばとなりのやつは、いつから入《はい》ってるんだ？　やけに静《しず》かだ。

「よっぱらって寝《ね》てんのか？　まあ、オレには関係《かんけい》ないけど」

終電近《しゅうでんちか》い駅構内《えきこうない》ともなれば、そんなやつはゴロゴロいる。

静《しず》かなる隣人《りんじん》は放《ほう》っておくことにして、オレは冷静《れいせい》になった頭《あたま》で、改《あらた》めて個室《こしつ》の中《なか》を見《み》まわしてみることにした。

「きったねえなあ」

戸《と》も壁《かべ》も、いくつもの落書《らくがき》でうめられている。

ほとんどは意味《いみ》もなくヒワイな単語《たんご》で、なにを書《か》いているんだかよくわからない絵《え》みたいなものまでたくさんある。

あれは——だれかの電話番号《でんわばんごう》か？　いいのか？　こんなところにそんなもん書《か》いて。

「ん？　『好《す》きな動物《どうぶつ》を３つあげなさい』？」

その中《なか》にちょっと変《か》わったいたずら書《が》きを見《み》つけて、オレは、ウーンと首《くび》をひねった。

「キリン、ゾウ、犬《いぬ》……いや、シロクマも好《す》きなんだよなぁ……」

バカみたいに本気《ほんき》で考《かん》えこんでしまって、ふと我《われ》にかえる。なにをやっているんだオレは。

「なにマジメに考《かんが》えてんだよ」

よっぱらっているわけでもないのに、なんだかおかしくなってくる。

鼻《はな》で笑《わら》いながらつぶやいたそのとき、落書《らくがき》の中《なか》に、ほかとはちょっとニュアンスのちがう一文《ぶん》が目《め》に入《はい》ってきた。

『午前《ごぜん》〇時《れいじ》、扉《とびら》はとざされる』

「…………」

よくあるふざけた都市伝説的《としでんせつてき》な、アレのつもりだろ？

でもこういうところで見《み》ると、やたらいわくつきに見《み》えてくるからふしぎだ。


ガシャン！


「うおっ!?」

そう思《おも》ったオレの背後《はいご》で、いきなり鍵《かぎ》のしまるような音《おと》がひびいた。

反射的《はんしゃてき》に腕時計《うでどけい》に目《め》を落《お》とし、オレは思《おも》わず息《いき》を飲《の》む。なぜなら、それは——

「午前《ごぜん》〇時《れいじ》……！」

壁《かべ》の落書《らくが》きがしめす時間《じかん》だったからだ。

ウソだろ、まさか、そんなわけが——

「バカバカしい！　あるわけないだろ」

こんなところにいるから、くだらないことを考《かんが》えてしまうんだ。

もう一度腕時計《どうでどけい》を見《み》て、オレはそんなことよりも重大《じゅうだい》なことに気《き》づいてしまった。

「やばい！　終電《しゅうでん》もうすぐだ！　そろそろでないと！」

あわてて服《ふく》をもとにもどして水《みず》を流《なが》す。

そこに駅《えき》のアナウンスが聞《き》こえてきた。

『まもなく下《くだ》りの最終電車《さいしゅうでんしゃ》がまいります。ご乗車《じょうしゃ》のお客様《きゃくさま》はお乗《の》り遅《おく》れのないよう、ご注意《ちゅうい》ください』

「やべ！」

もともと建《た》てつけの悪《わる》かった個室《こしつ》の戸《と》はあきにくく、オレは体当《たいあ》たりをするようにして飛《と》びだした。そのままのいきおいで出口《でぐち》にむかい、ドアをあけようとして、けれど全《まった》くあかない。

「はあ!?」

どこもかしこも建《た》てつけの悪《わる》いトイレだな、クソッ！

個室《こしつ》の戸《と》と同《おな》じように、オレはあわてて体当《たいあ》たりをするようにドアを押《お》す。

が、今度《こんど》はまったくビクともしない。

あまりにいきおいよく押《お》したせいで、逆《ぎゃく》にオレは床《ゆか》にたおれこんでしまった。

「冗談《じょうだん》じゃない！」

『ただいま到着《とうちゃく》した電車《でんしゃ》は、下《くだ》りの最終電車《さいしゅうでんしゃ》となります。お乗《の》り遅《おく》れのないよう、ご注意《ちゅうい》ください』

無情《むじょう》にも最終電車《さいしゅうでんしゃ》の到着《とうちゃく》を伝《つた》えるアナウンスが流《なが》れこんでくる。

同時《どうじ》に、ジリリリ、とひびく発車《はっしゃ》ベルの音《おと》。

「おいおいおいおい！」

冗談《じょうだん》だろう!?　本気《ほんき》で乗《の》り遅《おく》れてしまうじゃないか！

力任《ちからまか》せにドアを蹴《け》ったが、ゴ〜ン、ゴ〜ン、と重《おも》たい音《おと》を立《た》てるだけで、いっこうにあきそうにない。このドア、こんなに分厚《ぶあつ》かったか!?

「おい、あけろ！　まだ中《なか》にいるんだよ！　おい！」

ガチャガチャと押《お》したり、引《ひ》いたりしてさけんでも、ドアもあかなければ、だれもこない。

『本日《ほんじつ》の下《くだ》り最終電車《さいしゅうでんしゃ》です。お乗《の》り遅《おく》れのないようにご注意《ちゅうい》ください』

「おい、あけろって！　おい!!」

急《せ》かすようなアナウンスが流《なが》れる。

何度《なんど》も言《い》うな。わかってるんだ、そんなこと。だから急《いそ》いでるだろ。いいからあけろよ！

もう一度《ど》ドアに体当《たいあ》たりをして跳《は》ねかえされたところで、オレはふと、個室《こしつ》にいるはずのもうひとりのことを思《おも》いだした。駆《か》けよって、少《すこ》し乱暴《らんぼう》に戸《と》をたたく。

「ねえ！　スイマセン！　起《お》きてください！　扉《とびら》しまっちゃいましたよ！　電車《でんしゃ》でちゃいますよ！」

ふたりでドアを押《お》せば間《ま》にあうはずだ。

だというのに中《なか》からはなんの反応《はんのう》もない。熟睡《じゅくすい》かよ、このよっぱらいが！

『間《ま》もなくドアがしまります。ご乗車《じょうしゃ》のお客様《きゃくさま》はお急《いそ》ぎください』

待《ま》て待《ま》て待《ま》ってくれ！　オレだってすげえ急《いそ》いでるんだって！

「あけろバカヤロー！　まだ！　いるんだよ！　おいっ！　聞《き》こえないのか、おーい!!」

『ドアがしまります』

ジリリリリ……

ウソだろ。本当《ほんとう》に出発《しゅっぱつ》する音《おと》がする。

トイレのドアに貼《は》りついて電車《でんしゃ》の走《はし》りだす音《おと》を聞《き》いたオレは、ぼうぜんと立《た》ち尽《つ》くしてしまった。よゆうで間《ま》に合《あ》ったはずの電車《でんしゃ》なのに、こんなアクシデントでまさか乗《の》り遅《おく》れてしまうなんて――

「…………」

完全《かんぜん》に電車《でんしゃ》が走《はし》り去《さ》ったあとにどれだけ耳《みみ》をすましても、聞《き》こえてくるのは通風孔《つうふうこう》を通《とお》る風《かぜ》の流《なが》れる音《おと》だけだ。

ありえない。なんだってこんな不運《ふうん》が重《かさ》なるんだよ、チクショウが……

「あ！」

そういえば、この不運《ふうん》を体験《たいけん》している人《ひと》がもうひとりいる。

思《おも》いだして、オレはおそるおそる例《れい》の個室《こしつ》をノックしてみることにした。

コンコン、とたたくがやはり全《まった》く返事《へんじ》はない。

「あの……すみません、あの、入《い》り口《ぐち》のドアがあかなくてですね……」

今度《こんど》は声《こえ》もかけてみる。が、結果《けっか》はやはり同《おな》じだった。

個室《こしつ》の戸《と》と床《ゆか》のすきまから、新聞紙《しんぶんし》のカサカサという音《おと》だけは聞《き》こえている。

(眠《ねむ》ってんのか？　それとも無視《むし》かよ？)

どちらにせよ、最終《さいしゅう》はもういっちまったんだ。ここをでないとはじまらない。

オレは意《い》を決《けっ》して個室《こしつ》の戸《と》の上辺《うわべ》に手《て》をかけ、中《なか》をのぞいてみることにした。

小学生《しょうがくせい》のとき体育《たいいく》でやったけんすいのように、「ふんっ」と力《ちから》を入《い》れて体《からだ》を引《ひ》きあげる。

床《ゆか》から離《はな》れた足《あし》をバタつかせながら中《なか》をのぞいて――

「なんだよ……」

そこにはだれの姿《すがた》もなかった。

どうやらここも建《た》てつけが悪《わる》いせいで、あかないだけだったようだ。

「最後《さいご》に入《はい》ったやつ、どうやってでたんだろうな――って、そんなこと考《かんが》えてる場合《ばあい》じゃないか……」

とにかく、この中《なか》にオレはたったひとりでとりのこされている、というわけだ。

どうにかしないと。でもどうすれば……？

トイレの中《なか》をぐるりと見《み》まわし、ふと、視《し》線《せん》が個《こ》室《しつ》に書《か》かれた落《らく》書《がき》に留《と》まる。

『午《ご》前《ぜん》〇《れい》時《じ》、扉《とびら》はとざされる』

ぶるりとみぶるいして、オレは思《おも》わず入《いり》口《ぐち》のドアをたたいた。

「……おいっ！　おい、だせ！」

返《へん》事《じ》がない。今《こん》度《ど》は蹴《け》る。ドアだけじゃなく、そこらじゅうの壁《かべ》もたたいて、蹴《け》って、アピールしてみる。でも、いっこうにどこからも反《はん》応《のう》はない。

「おーい！　ヤッホー！　だれかいませんかー！　……って、クソッ！　こんなところで一《ひと》晩《ばん》すごせって言《い》うのか？　冗《じょう》談《だん》じゃねえぞ、どうなってんだ、いったい！」

駅《えき》員《いん》はどこだよ。見《み》まわりしろよ。

毒《どく》づきながら視《し》線《せん》を動《うご》かす。と、壁《かべ》に書《か》かれたべつの落《らく》書《がき》が目《め》に入《はい》った。

『サイフ落《お》としてますよ❤』

なんだ、それ。
そう思《おも》いつつも、オレはなんとなく自分《じぶん》のポケットを探《さぐ》ってみる。
「ない！」
まさか。うそだろ。ジャケットも、胸《むね》ポケットも、ズボンのポケットもどこにもない！
心臓《しんぞう》がバクバクしてきてしまう。
どこでサイフを落《お》としたんだ？　結構入《けっこうはい》っていたんだぞ、マジかよ！
あっ！　もしかしたらさっき用《よう》を足《た》したときにでも――
そう思《おも》ってふりかえったオレは、床《ゆか》に落《お》ちていたサイフに気《き》がついた。
あわててひろう。よかった、あった。中身《なかみ》も無事《ぶじ》だ。
けど……

『サイフ落《お》としてますよ❤』

まるでわかっていたかのような落書《らくがき》が、なんだか急《きゅう》に不気味《ぶきみ》に思《おも》えた。

「たまたまさ……」

自分《じぶん》に言《い》い聞《き》かせるようにつぶやいてみる。ちょうどそのとき。


ジャーッ！


「！」

すごい音《おと》をたてて、ならんだ小便器《しょうべんき》にいっせいに水《みず》が流《なが》れだした。

まさかだれかいるのかといっしゅん身構《みがま》えて、ふと思《おも》いだす。

「そうだ。たしか衛生目的《えいせいもくてき》で、こういう場所《ばしょ》のトイレは一定時間《いっていじかん》で自動的《じどうてき》に水《みず》が流《なが》れるんだよな……前《まえ》になんかのドキュメンタリーで見《み》たぞ」

ビックリさせるんじゃねえよ、まったく。

ふうっと胸《むね》をなでおろし、前《まえ》をむいたオレの目《め》に、『**午前《ごぜん》〇時《れいじ》、扉《とびら》はとざされる**』の文字《もじ》が、さっきより妙《みょう》に浮《う》きあがって見《み》えた気《き》がした。

＊＊＊

どのくらい時間《じかん》が経《た》っただろう。

いや、まだ1時間《じかん》はいってないはずだ。

それにしても、地下鉄《ちかてつ》のトイレにとじこめられるって最高《さいこう》にダサいことにはちがいない。

「は〜……」

気《き》がまぎれるようななんかねえかな。

ぐるりとトイレの中《なか》を見《み》まわしてみる。すると、手洗《てあら》い場《ば》の蛇口《じゃぐち》から水《みず》がチョロチョロと絶《た》え間《ま》なくもれでていることに気《き》がついた。

「水道代《すいどうだい》がもったいないだろ」

べつにオレのサイフからだすわけじゃないけど、止《と》めてやるくらいの親切心《しんせつしん》はある。

ひねって止《と》めようとして、けれどパッキングがゆるんでいるのか、水《みず》はどんどん流《なが》れつづける。

ちょろちょろ、ちょろちょろ……


「クソッ！　親切《しんせつ》をあだでかえしやがって！」

オレはなんだかむしょうに腹《はら》が立《た》ってきてしまった。

「だいたい場所《ばしょ》はわかりにくい、こわれてる、おまけに人《ひと》をとじこめる。こんなトイレであっていいのか？　ポリシーも哲学《てつがく》もないからこんなことになってるんだ！」

オレだったら絶対《ぜったい》こんなトイレは設計《せっけい》しない。

もっとクールで機能的《きのうてき》なデザインにする。

そうだ、明日《あした》、オレの考《かんが》える最高《さいこう》にカッコいい公衆《こうしゅう》トイレデザインをいくつかつくって、上司《じょうし》に見《み》せようか。素晴《すば》らしい才能《さいのう》だと目《め》をひくようなすごいやつを。

「この大《おお》きさの間取《まど》りなら……まあ、個室《こしつ》はやっぱ4つが限界《げんかい》だよな」

よりいいデザインが浮《う》かぶように、オレは改《あらた》めてぐるりとトイレの中《なか》を見《み》まわしてみることにした。

どうせほかにすることもない。

これはこれで気《き》もまぎれるし一石二鳥《いっせきにちょう》だ。

「個室《こしつ》4、小便器《しょうべんき》4、天井《てんじょう》が低《ひく》いんだよな……地下《ちか》だから窓《まど》がないのはしかたないけど、全体的《ぜんたいてき》に湿《しめ》っぽいのがダメなんだよ」

小便器《しょうべんき》のならびに洗面台《せんめんだい》が3つ。

その上《うえ》に、鏡《かがみ》が3つ。

ふたつに減《へ》らせばもう少《すこ》し間隔《かんかく》があけられて、広々《ひろびろ》とするな。

入《い》り口《ぐち》の横《よこ》には用具《ようぐ》入れがあった。中《なか》にあるはずのモップが1本《ぽん》、床《ゆか》に落《お》ちている。

奥《おく》の壁《かべ》にはポスターが1枚《まい》。

モデルの女《おんな》の子《こ》の顔《かお》はいたずら書《が》きで、のんきな親父《おやじ》のような顔《かお》にされてしまっている。

かわいそうに。きっと可愛《かわい》い顔《かお》だったはずなのに。

それから、落書《らくが》き。

奥《おく》の壁《かべ》に貼《は》られたポスターの横《よこ》には**『この壁《かべ》の中《なか》に殺《ころ》された女《おんな》が眠《ねむ》っている』**の文字《もじ》。

『サイフ落《お》としてますよ❤』は給水《きゅうすい》タンクのわき。

『死《し》ぬ』という意味《いみ》のない予告《よこく》は洗面台《せんめんだい》の上《うえ》。

用具《ようぐ》入《い》れの横《よこ》には**『おまえの声《こえ》はだれにも聞《き》こえない』**の走《はし》り書《が》き。

『溺《おぼ》れて苦《くる》しめ』手前《てまえ》の個室《こしつ》の扉《とびら》。

『水玉《みずたま》のネクタイをした男《おとこ》はしかくい部屋《へや》で首《くび》をつる』奥《おく》の小便器《しょうべんき》の上《うえ》。


「…………」

つい自分《じぶん》のネクタイを確認《かくにん》して、いやな気分《きぶん》になった。

今日《きょう》にかぎって水玉《みずたま》だ……。

「こんなのただの落書《らくがき》だよ、バカバカしい……！」

首《くび》をふって笑《わら》い飛《と》ばすオレの目《め》に、またべつの落書《らくがき》が飛《と》びこんできた。

『夜明《よあ》け前《まえ》、決《き》まってジャックは殺《や》りにくる』

入口《いりぐち》わきにあった言葉《ことば》だ。気《き》がつかなかった。

それから洗面台《せんめんだい》のむかいの壁《かべ》にも意味不明《いみふめい》な落書《らくがき》がひとつ。

『』

これは絵《え》か？　文字《もじ》か？　なんて読《よ》むんだ？

「調《しら》べたらでてくっかな」

尻《しり》ポケットからスマホを取《と》りだして画面《がめん》を見《み》て、だけど表示《ひょうじ》された『圏外《けんがい》』の文字《もじ》に、
オレはチッと舌打《したう》ちをした。

地下《ちか》でも最近《さいきん》は割《わり》と使《つか》える場所《ばしょ》が多《おお》いのに。

そう思《おも》ったらよけい腹《はら》が立《た》ってくる。

しかたなしに尻《しり》にしまいながら、ふと、視線《しせん》が用具《ようぐ》入れの横《よこ》に吸《す》いよせられた。

『おまえの声《こえ》はだれにも聞《き》こえない』

「ちくしょう……」

どこかのだれかにあざ笑《わら》われている気分《きぶん》だ。

くやしまぎれに天井《てんじょう》を仰《あお》ぎ見《み》たオレは、そこに煙探知機《けむりたんちき》のようなものがあることに気《き》がついた。

「待《ま》てよ……？　こいつが反応《はんのう》したらだれかきてくれるんじゃないか!?」

オレはなにか煙《けむり》のでるものはないかとトイレの中《なか》を探《さが》しはじめた。だが都合《つごう》よくそんなものがあるわけもない。マッチ、持《も》ってない……なにかないか、なにか……

「あ！」

思《おも》いだした！

俺《おれ》は床《ゆか》に置《お》きっぱなしにしていた引《ひ》き出物《でもの》の袋《ふくろ》をひっくりかえした。たしか余興《よきょう》の手品《てじな》で使《つか》った使《つか》い捨《す》てのライターがあったはずだ。床《ゆか》に転《ころ》がり落《お》ちたライターをひろいあげ、引《ひ》き出物袋《でものぶくろ》をやぶって、そこに火《ひ》をつける。

「よし、いいぞいいぞ……！」

あがっていく煙《けむり》を見《み》ながら、オレは救助《きゅうじょ》がくるようすをぼんやりと想像《そうぞう》しはじめた。

遠《とお》くからサイレンの音《おと》が聞《き》こえる。そうだ、救助《きゅうじょ》のサイレンだ。

こういうときにやってくるのは消防車《しょうぼうしゃ》だ。

あかない扉《とびら》を大《おお》きな電動《でんどう》カッターかなにかでガチャリときりとり、やっと重《おも》いドアがあく。

そして――

「火災現場《かさいげんば》はここか！」

「あ、あの……」

「大丈夫《だいじょうぶ》ですか！　ケガは!?」

「いや、あの、……オレは、その……ただ、とじこめられていたんで助《たす》けを……」

「とじこめられた？　……トイレに、ですか？　……へえ、トイレに……ぶふっ！　おーい、火事《かじ》は大丈夫《だいじょうぶ》だ！　この人《ひと》が、ただトイレにとじこめられてたんだってよ！」

よかったよかったと爆笑《ばくしょう》しながら去《さ》っていく消防隊員《しょうぼうたいいん》たちのうしろ姿《すがた》。

そして翌日《よくじつ》、ネットニュースにはこう書《か》かれるにちがいない。

『トイレから無事生還《ぶじせいかん》！』『孤独《こどく》とみじめさを乗《の》り越《こ》えて』『結婚式帰《けっこんしきがえ》りの悲劇《ひげき》』――……

「ダメだ！　カッコ悪《わる》い……！」

オレは新進気鋭《しんしんきえい》のデザイナーだぞ。そんなカッコ悪《わる》いことができるか！

火《ひ》をつけた引《ひ》き出物袋《でものぶくろ》を、オレは思《おも》わず洗面台《せんめんだい》に投《な》げ捨《す》てた。

流《なが》れつづける水《みず》が、じゅっと音《おと》をたてて火《ひ》を消《け》してくれる。

ほかになにかないか。ほかに、ここからでる方法《ほうほう》は。

見《み》まわした床《ゆか》には週刊誌《しゅうかんし》が落《お》ちている。

(ここに載《の》るようなことはしたくねえなあ)

なるべく汚《よご》れていないところを上《うえ》にして、オレはとりあえず個室《こしつ》を背《せ》にしてそこに座《すわ》った。

奥《おく》の壁《かべ》のポスターは、はしが少《すこ》しだけめくれている。壁《かべ》に付着《ふちゃく》した水滴《すいてき》のせいか。

また時間《じかん》がきたのか、小便器《しょうべんき》に水《みず》の流《なが》れる音《おと》がする。

そのひとつが、ゴポリと変《へん》な音《おと》をたてた。

どうやらつまっているらしい。少《すこ》しずつ水《みず》が底《そこ》にたまりはじめているようだ。

「……このままじゃ本当《ほんとう》にここで夜明《よあ》かしだぞ……あっ、あいつ絶対《ぜったい》オレに電話《でんわ》くれてるよな……」

なんとなくそれを見《み》つめながら、オレは彼女《かのじょ》の優子《ゆうこ》のことを思《おも》いだしてスマホを開《ひら》いた。

そこにあるのは、やっぱり変《か》わらない圏外表示《けんがいひょうじ》。

電話《でんわ》をくれてても、これじゃあまったくわからない。

昨日《きのう》何回《なんかい》も電話《でんわ》したのに、と怒《おこ》る姿《すがた》が目《め》に浮《う》かぶようだ。

「二次会《じかい》が終《お》わったら連絡《れんらく》くれるって約束《やくそく》したじゃない」

「ちゃんとするつもりだったんだって！　けど、変《へん》なことになっちゃってさ」

「美江《みえ》ね」

「え!?」

「やっぱり美江《みえ》なんでしょう。あの子《こ》も結婚式《けっこんしき》いくって聞《き》いたもの」

「ちがうよ!」

「美江《みえ》とすごしてたんでしょう!」

「誤解《ごかい》だよ! 実《じつ》は、その……地下鉄《ちかてつ》のトイレにとじこめられて……」

元《もと》カノとの仲《なか》を誤解《ごかい》している優子《ゆうこ》には、本当《ほんとう》のことを言《い》うしかない。

しどろもどろになりながらでも、説明《せつめい》したらきっとわかってくれるはずだ。

「あなた、ホントにトイレにとじこめられたのね……」

「ああ、だから電話《でんわ》ができなかったんだ。本当《ほんとう》ごめん」

そうさ! 優子《ゆうこ》は信《しん》じてくれる。そして——

「ふふっ、ちょっと、やだあ! あははは! トイレで寝泊《ねと》まりしたような人《ひと》とはつきあえないわ。じゃあね、バイバーイ! 面白《おもしろ》かった～」

みじめな男《おとこ》はフラれる運命《うんめい》——……

「ダメだ！　言《い》えない！」

カッコ悪《わる》すぎる！　ここをでるまでにウマい言《い》い訳《わけ》を考《かんが》えないと！

頭《あたま》をかきむしるオレの耳《みみ》に、ゴポッ、という音《おと》が入《はい》ってきた。

「なんだ？」

音《おと》のするほうに視線《しせん》をやると、さっきからたまりつづけていた小便器《しょうべんき》の水《みず》が、まさにあふれようとしているところだった。

「汚《きた》ねえなあ……いや、待《ま》てよ……？」

手前《てまえ》の個室《こしつ》の扉《とびら》を見《み》つめかえす。そこにある文字《もじ》。それは――

『溺《おぼ》れて苦《くる》しめ』

「バカバカしい……」

ゴポッ！

「！」

とうとう水《みず》があふれだした。

扉《とびら》にあるのは**『溺《おぼ》れて苦《くる》しめ』**。

水《みず》は床《ゆか》を濡《ぬ》らしていく。

中央《ちゅうおう》の排水溝《はいすいこう》に流《なが》れこみ、けれどそこもつまっているのか、ゴボゴボとイヤな音《おと》をたてつづけ、ついに、ゴボリッ、と吹《ふ》きだした。

週刊誌《しゅうかんし》に座《すわ》っていたオレの靴《くつ》を濡《ぬ》らすほどのいきおいだ。

『溺《おぼ》れて苦《くる》しめ』

目《め》に入《はい》る文字《もじ》が、排水溝《はいすいこう》から吹《ふ》きだす水《みず》のようにオレにおそいかかってくる。

「やめろ！　やめろォ！」

オレは猛然《もうぜん》と立《た》ちあがると、落《お》ちていたモップをつかみ、必死《ひっし》に小便器《しょうべんき》の中《なか》につっこんだ。

ガシガシと動《うご》かし、中《なか》につまったゴミをかきだす。

それでも水《みず》は止《と》まらない。

今度《こんど》は排水溝《はいすいこう》のほうだ。ガムや吸《す》いがらがつまっている。

かきだす。かきだす。

小便器《しょうべんき》に自動《じどう》で水《みず》が流《なが》れるたびに、よりいっそうの水《みず》が床《ゆか》にこぼれだす。

「クソ、クソッ!!」

排水溝《はいすいこう》と小便器《しょうべんき》を、必死《ひっし》に3往復《おうふく》ほどしただろうか。

ようやく水《みず》が引《ひ》きだした。

ホッとしたとたん、ふつふつと怒《いか》りがこみあげてくる。

「おい、トイレ！　いい気《き》になるなよ！　オレをだれだと思《おも》ってる！　オレはなあ！　建《けん》築《ちく》デザイナーなんだぞ！　そりゃあまだ駆《か》けだしだけどな！　これからすげえ事務所《じむしょ》開《ひら》いて、東京中《とうきょうじゅう》をオレの手《て》で楽《たの》しい街《まち》に変《か》えるんだ！　それが夢《ゆめ》だ！　絶対《ぜったい》できるんだ！　そうなったら、おまえみたいなトイレはまっさきに建《た》て替《か》えてやるからな！　覚悟《かくご》しとけよ！」

一息《ひといき》に言《い》いきって、ふうふうと肩《かた》で息《いき》をつく。

と、用具《ようぐ》入《い》れの中《なか》から、ガタッ！　と音《おと》がした。あわててふりむく。

「だれだ!?　そこにいるのはわかってるんだぞ！　でてこい！」

今度《こんど》こそよっぱらいか!?　だれなんだ！

オレはおそるおそる用具《ようぐ》入《い》れに近《ちか》づいて、思《おも》いきって扉《とびら》をガンッとあけてやる！

「うわっ！」

なにかがたおれこんできた！　押《お》されるようにして、オレは濡《ぬ》れた床《ゆか》にしりもちをついてしまう。

……それは、さかさまに立《た》てられたモップだった。

くそ、くそっ！　バカにしやがって！

「なんだよ、ちくしょお……」

なんでオレがこんな目《め》にあわなきゃならないんだ。

目頭《めがしら》が熱《あつ》くなってきて、オレはジャケットの袖《そで》で強《つよ》く目《め》をこすりあげた。

＊＊＊

時計《とけい》は、もう午前《ごぜん》３時《じ》をまわっている。

「電波《でんぱ》～、電波《でんぱ》さ～ん、どぉこーに、いる～♪」

オレは適当《てきとう》につけた音程《おんてい》で歌《うた》いながら、スマホを上《うえ》にかかげてトイレの中《なか》を歩《ある》きまわっていた。どこか少《すこ》しでもいい。電話《でんわ》がつながってくれないかというわずかな望《のぞ》みを託《たく》して。

「まあ、ねえよな……」

無駄《むだ》なことだ。こんなせまい地下《ちか》のトイレで、急《きゅう》に電波《でんぱ》が復活《ふっかつ》するわけもない。

あきらめてドアを背《せ》にもたれかかり、オレはまた気《き》になる落書《らくがき》に目《め》をむけた。

『おまえの声《こえ》はだれにも聞《き》こえない』

『溺《おぼ》れて苦《くる》しめ』

『水玉《みずたま》のネクタイをした男《おとこ》はしかくい部屋《へや》で首《くび》をつる』

それを見《み》るたび、何度《なんど》も自分《じぶん》のネクタイを意識《いしき》してしまう。

今日《きょう》のオレは、なんで水玉《みずたま》のネクタイなんかしてきたんだ……


『夜《よ》明《あ》け前《まえ》、決《き》まってジャックは殺《や》りにくる』


これも不吉《ふきつ》だ。

落書《らくがき》したヤツはとっ捕《つか》まえて、重《おも》い懲役刑《ちょうえきけい》とかにしたほうがいいぞ、絶対《ぜったい》だ。

「……ん？」

そう思《おも》いながら、なんの気《き》なしに見《み》た鏡《かがみ》に『２５９』の数字《すうじ》が見《み》えた。

「『２５９』？」

ふりかえると、そこにはさっき読《よ》めなかった『ƧƼɘ』があった。

そうか！　鏡《かがみ》に反転《はんてん》して映《うつ》ったおかげで数字《すうじ》になって見《み》えるんだ。

「へぇ……鏡文字《かがみもじ》ってやつか。２５９、なにか意味《いみ》があるのか？　にぃごーきゅー……、いや、バカバカしい。やめだやめだ」

くだらないとばかりに首《くび》をふってみたけれど、鏡《かがみ》に映《うつ》る自分《じぶん》の顔《かお》は、やけにおびえているように見《み》えた。ふり払《はら》うように視線《しせん》を動《うご》かして頭上《ずじょう》を見《み》ると、大《おお》きな給水《きゅうすい》タンクからも水《みず》がポタポタとしたたりつづけているのが見《み》える。

「まさか、あれが割《わ》れたりしないよな……」

そのときだ。

通風孔《つうふうこう》を流《なが》れる風《かぜ》の音《おと》が、とつぜん「ヒュオォォォ！」と女《おんな》の悲鳴《ひめい》のような高音《こうおん》に変《か》わった。

奥《おく》の壁《かべ》に貼《は》られたポスターが、あおられるように、はしからペリペリとはがれていく。

その横《よこ》には**『この壁《かべ》の中《なか》に殺《ころ》された女《おんな》が眠《ねむ》っている』**の落書《らくがき》……

「……バカバカしい。だれがどうやってこんなところに死体《したい》をかくせるんだよ」

かくせるわけがない。

けど、ポスターははがれつづける。

ペリペリ、ペリペリ。

ここにいるの、ここよ、気《き》づいて、とささやくように。

「……くそ、クソッ」

ふるえる足《あし》をしかりつけ、オレは反対《はんたい》の壁《かべ》ギリギリまで体《からだ》をよせて――

パサリ。

ついにポスターは完全《かんぜん》にはがれ落《お》ちた。

「なんもねえじゃん……」

壁《かべ》の中《なか》に死体《したい》はなかった。当然《とうぜん》だ。だけど異様《いよう》な形《かたち》のシミがそこに広《ひろ》がっている。

じっと見《み》ていると、なんだか殺《ころ》された女《おんな》の苦《くる》しむ顔《かお》のように見《み》えてくる。

風《かぜ》の音《おと》がひときわ高《たか》く、大《おお》きくひびくと、女《おんな》の顔《かお》がゆがんだ気《き》がした。

「うっ」

気《き》のせいだ。わかっている。だけど、ゾクゾクと背《せ》すじをいやな寒気《さむけ》がおそう。

「……だ、だしてくれ！　おい！　だせ！　だしてくれ！」

オレは外《そと》にむかって声《こえ》の限《かぎ》りにさけびながら、ドンドンと入口《いりぐち》のドアをたたいた。

通風孔《つうふうこう》から流《なが》れる風《かぜ》が、葬式《そうしき》の読経《どきょう》のように聞《き》こえてくる。

やめろ、やめろ！

耳《みみ》をおさえてふり切《き》るように手洗《てあら》い場《ば》にむかい、オレは蛇口《じゃぐち》をひねった。流《なが》れる冷《つめ》たい水《みず》でおもいっきり顔《かお》を洗《あら》う。それから目《め》をとじて自分《じぶん》に何度《なんど》も言《い》い聞《き》かせる。

「落《お》ちつけ……落《お》ちつけ、オレ。おまえは大丈夫《だいじょうぶ》だ……大丈夫《だいじょうぶ》、大丈夫《だいじょうぶ》……」

そうして目《め》をあける。

飛《と》びこんできたのは『２５９』の文字《もじ》。

「二百五十九……ニィ・ゴー・キュウ……？　ニゴク……、いや、ジゴク……地獄《じごく》！」

鏡《かがみ》の横《よこ》には**『死《し》ぬ』**の一言《ひとこと》。

「地獄《じごく》、死《し》ぬ……」

つながる。なんてことだ。落書《らくが》きが全部《ぜんぶ》つながる。そんな、バカな……！

ゴオオ、と地《じ》ひびきのような音《おと》がひびきわたる。その音《おと》がすぎれば、今度《こんど》は地下通路《ちかつうろ》にかたい音《おと》がひびきはじめた。

コツリ、コツリ

ゆっくりとした足《あし》どりで、体《からだ》の大《おお》きさを物語《ものがた》るような重《おも》い足音《あしおと》。

それは確実《かくじつ》にこのトイレにむかってきているような動《うご》きに聞《き》こえる……。


『夜明《よあ》け前《まえ》、決《き》まってジャックは殺《や》りにくる』

『２５９《ジゴク》』

『死《し》ぬ』


「ジャック……！」

オレはいてもたってもいられずに、転《ころ》がるように鍵《かぎ》のかかる唯一《ゆいいつ》の個室《こしつ》に逃《に》げこんだ。

鍵《かぎ》をかける！

「ダメだ！　こんなのすぐにバレる！」

けれどすぐに気《き》づいて飛《と》びだして、オレは煙探知機《けむりたんちき》を思《おも》いだした。

「ベルを鳴《な》らせば、だれかきてくれるはずだ！」

消防隊員《しょうぼうたいいん》に笑《わら》われてもいい。助《たす》けてくれ。死《し》にたくない！

オレは懸命《けんめい》に手《て》をのばし、探知機目《たんちきめ》がけてライターの火《ひ》をもちあげた。けれどベルは鳴《な》らず、熱《ねつ》に反応《はんのう》した探知機《たんちき》はザァッとスプリンクラーを起動《きどう》させた。水《みず》がそこかしこに吹《ふ》き流《なが》れる。

同時《どうじ》に小便器《しょうべんき》には自動洗浄《じどうせんじょう》。さっき直《なお》したはずなのに、ボコボコとまたあふれだしてきた水《みず》は、排水溝《はいすいこう》でも逆流《ぎゃくりゅう》し、どんどん、どんどんあふれだしてくる。止《と》まらない。

『溺《おぼ》れて苦《くる》しめ』

まるで口《くち》の中《なか》にまで水《みず》が入《はい》ってくるような気《き》がした。

あわてて蛇口《じゃぐち》をひねる。が、止《と》まらない。蹴《け》りつける。けど止《と》まらない。

それどころか、いまので蛇口《じゃぐち》が完全《かんぜん》にイカれてしまったのか、いきおいよく水《みず》が流《なが》れでてきてしまった！

「イヤだ！」

オレは洗面台《せんめんだい》の上《うえ》に乗《の》り、そこからのびる配水管《はいすいかん》を足《あし》がかりにして天井《てんじょう》の通風孔《つうふうこう》を押《お》しあけようとした。全力《ぜんりょく》で押《お》す。――よし！　開《ひら》いた！

コツリ、コツリ

足音《あしおと》は近《ちか》い。

オレは思《おも》いきって通風孔《つうふうこう》に頭《あたま》をつっこんだ。中《なか》は暗《くら》い。けど躊躇《ちゅうちょ》しているヒマはない。

ふん張《ば》っている足《あし》にさらに力《ちから》をこめ、乗《の》りあげようとした瞬間《しゅんかん》。

「ぐあっ！」

足《あし》が滑《すべ》り、通風孔《つうふうこう》のどこかに引《ひ》っかかったネクタイにつられて首《くび》がしまった。

もがくオレの目《め》に『**水玉《みずたま》のネクタイをした男《おとこ》はしかくい部屋《へや》で首《くび》をつる**』の文字《もじ》！

涙目《なみだめ》になりながら必死《ひっし》でそこかしこを引《ひ》っかくと、ネクタイがぶつりと切《き》れて、オレは

夜明け前
決まってジャックは
殺りにくる

びしょ濡《ぬ》れの床《ゆか》に落下《らっか》した。よかった、生《い》きてる！

けれど足音《あしおと》はなおもせまる。

『夜明《よあ》け前《まえ》、決《き》まってジャックは殺《や》りにくる』

ジャックはもうすぐそこだ。

「どうすればいいんだ！」

追《お》いつめられ、泣《な》きそうな声《こえ》でさけびながら、オレはハッとして落書《らくが》きを思《おも》い切《き》りこすってみることにした。ペンで書《か》かれた落書《らくがき》はそうかんたんに消《き》えはしない。

けれどいちるの望《のぞ》みをいだきながら、手《て》のひらが裂《さ》けるほど必死《ひっし》で強《つよ》くこする。こする。

そうして『殺《や》』の文字《もじ》が読《よ》めない程度《ていど》にうすくなった瞬間《しゅんかん》――

足音《あしおと》がピタリと止《と》まり、きた方向《ほうこう》へと遠《とお》ざかっていくのを聞《き》いた。

「やっぱりだ！　消《け》せばいいんだ！」

オレの考《かんが》えは正《ただ》しかった。落書《らくが》きの通《とお》りになるなら、その落書《らくがき》を消《け》せばいい！

ハンカチを濡《ぬ》らし、必死《ひっし》でこする。

けれど油性《ゆせい》マジックで書《か》かれたものは、どうやったって消《き》えはしない。

それでもこする。壁《かべ》の文字《もじ》を、死《し》にものぐるいで。

そうしなければあいつがまたくる。ジャックが、くる。

おそいくる恐怖《きょうふ》に追《お》われながらトイレの中《なか》を移動《いどう》して、オレは必死《ひっし》で壁《かべ》をこすり歩《ある》き――

「う――わっ！」

たおれていたモップに足《あし》を取《と》られて、床《ゆか》に転《ころ》んだ。その拍子《ひょうし》に頭《あたま》を強《つよ》く打《う》ちつける。

オレはそのまま完全《かんぜん》に意識《いしき》をうしなった。

＊＊＊

「……ですか？　大丈夫《だいじょうぶ》ですか？」

「――……ぅ、ん？」

ゆさゆさとゆすられる動《うご》きに、オレは重《おも》いまぶたをあける。

「しっかりしてください！　大丈夫《だいじょうぶ》ですかぁ！」

「助《たす》かった！」

人《ひと》だ！　人《ひと》がきてくれた！　オレは助《たす》かったんだ！

思《おも》わず大《おお》きな声《こえ》をあげて抱《だ》きつくと、オレに声《こえ》をかけていた男《おとこ》がうしろにたおれこんだ。

「どうしました⁉」

バタバタと足音《あしおと》が聞《き》こえて、駅員《えきいん》がトイレに飛《と》びこんでくる。

しりもちをついた男《おとこ》はツナギのような服装《ふくそう》をしていた。どうやら清掃員《せいそういん》だったようだ。

「いや、掃除《そうじ》にきたら、この人《ひと》がたおれてて……」

「ああ……それただのよっぱらいだよ、きっと」

週末《しゅうまつ》は多《おお》いんだ、と小声《こごえ》で清掃員《せいそういん》に話《はな》しかけているのが聞《き》こえてきて、オレは忘《わす》れていた怒《いか》りを思《おも》いだした。オレはよっぱらいなんかじゃない。おまえらが悪《わる》いんだ。そうだ、おまえらのせいで、オレはこんな……こんな目《め》にあったんだ！

「いったいどうなってるんだよ、え？　客《きゃく》をとじこめてなんなんだ！　一言《ひとこと》くらい謝《あやま》ったらどうだ！　鍵《かぎ》はこわれてる、便器《べんき》から水《みず》はもれ放題《ほうだい》、蛇口《じゃぐち》もゆるゆる、おまけに客《きゃく》がいるのにしめ切《き》るなんてどういうつもりだ！　いいかげんにしろよ⁉」

「はあ……？」

変《へん》な目《め》をむけてくる駅員《えきいん》と清掃員《せいそういん》の顔《かお》に、よけいに腹《はら》が立《た》ってしかたがない。

もっと言《い》ってやろうとしたところで、駅員《えきいん》が「お客《きゃく》さん」とオレを呼《よ》んだ。

「入《い》り口《ぐち》はしめ切《き》ったりしませんよ」

「なに言《い》ってんだ！」

「いちおう扉《とびら》はありますけど、鍵《かぎ》はありませんから。男子《だんし》トイレですし」

「ウソをつけ！　そこにドアが――……」

指《ゆび》を突《つ》きつけて顔《かお》をむけ、オレは思《おも》わず何度《なんど》も目《め》をこすってしまった。

信《しん》じられない思《おも》いで立《た》ちあがると、吸《す》いこまれるように扉《とびら》に近《ちか》づく。

そう、扉《とびら》、だ。

目《め》の前《まえ》にあるのは昨日《きのう》オレがあけられなかったドアではなく、まん中《なか》でふたつにわかれ、左右《さゆう》に引《ひ》きあける形状《けいじょう》をした扉《とびら》だった。

「ウソだろ……こんな、まさか……」

じゃあ昨日《きのう》のアレは。冗談《じょうだん》だろ。あんな……リアルな……

「なんってことだ！　ハハハ！　なんなんだよ、いったい！」

訳《わけ》のわからない事態《じたい》に、引《ひ》きつったような笑《わら》いが喉《のど》を駆《か》けあがってくる。ゲタゲタと笑《わら》いつづけるオレに、駅員《えきいん》と清掃員《せいそういん》がまるで気味《きみ》の悪《わる》いものでも見《み》るかのような視線《しせん》をむけてきたけれど、笑《わら》いはずっと止《と》まらなかった。

＊＊＊

オレは、悪《わる》い夢《ゆめ》でも見《み》ていたんだろうか。

結婚式《けっこんしき》でも二次会《じかい》でも、オレ、そんなに飲《の》んだっけ？

（でもなあ……それにしちゃあ、やけにリアルだったんだよなあ……）

駅前《えきまえ》でタクシーを待《ま》ちながらそんなことをぼんやりと考《かんが》えていたせいで、車《くるま》がきたことに気《き》づくのが遅《おく》れてしまった。

「お客《きゃく》さん、乗《の》るんですか？　乗《の》らないんですか？」

「え？　あっ！　すいません、乗《の》りま――……」

ドア越《ご》しに運転手《うんてんしゅ》に声《こえ》をかけられ、あわてて乗《の》りこもうとして。

タクシーのドアに書《か》かれた車体番号《しゃたいばんごう》が目《め》に入《はい》り、いっしゅん足《あし》が止《と》まってしまった。

そこに書《か》かれていた数字《すうじ》は『259』――ジゴク！

「ちょっと、お客《きゃく》さん？」

「の、乗《の》ります！」

運転手《うんてんしゅ》に変《へん》な目《め》をむけられて、オレはとっさにそう言《い》って車《くるま》に乗《の》りこんだ。

タクシーはオレのつげたアパートまでの道順《みちじゅん》にそって滑《すべ》りだす。

そうだ、そうだよ。こんなの全部偶然《ぜんぶぐうぜん》だ。昨日《きのう》のことは夢《ゆめ》だったんだ。

ほら、だってあのトイレの入《い》り口《ぐち》に、鍵《かぎ》なんて最初《さいしょ》からなかったんだぞ？

だけど、あのゾクゾクとおそいくる不気味《ぶきみ》な予感《よかん》、追《お》いつめられていく恐怖感《きょうふかん》――……

タクシーのスピードはあがっていく。
259、ジゴク……地獄《じごく》、……死《し》ぬ！
「す、すいません！　やっぱおります！　おりる！　止《と》まって!!」

「はぁ!?」

うしろからとつぜん大《おお》きな声《こえ》でがなり立《た》てると、運転手《うんてんしゅ》はおどろいたようで急《きゅう》ブレーキをふんで止《と》まった。メーターがしめすよりも多《おお》めの料金《りょうきん》を乱暴《らんぼう》にわたして、オレは急《いそ》いで車《くるま》からおりる。

「困《こま》るよ、お客《きゃく》さん！　あぶないでしょうが！」

「…………」

運転手《うんてんしゅ》はあとずさるオレにどなると、すぐに車《くるま》を発進《はっしん》させた。

10メートルも進《すす》まないうちに、歩道《ほどう》のはしで手《て》を挙《あ》げたべつの客《きゃく》を乗《の》せているのが見《み》える。

それからふつうに発進《はっしん》していく車《くるま》をぼんやり見《み》つめながら、オレは情《なさ》けなくなってきてしまった。

「バカだ……オレはなにやってんだよ。またタクシー探《さが》さなきゃいけないじゃんか……」

車体番号《しゃたいばんごう》に意味《いみ》なんかあるか。

たったいま、自分《じぶん》のしでかしたことがはずかしくなって、笑《わら》ってごまかす。

「あー、クソ。本当《ほんとう》はアレで早《はや》く帰《かえ》って……」

恨《うら》みがましく見送《みおく》るオレの視線《しせん》の先《さき》で、新《あたら》しい客《きゃく》を乗《の》せたタクシーが交差点《こうさてん》をまがった直後《ちょくご》。

ギギーーーッ‼

ドゥンッ！

ガシャーッ!!!

ハンパない急《きゅう》ブレーキ音《おん》と、なにかがぶつかり砕《くだ》けるような激《はげ》しい音《おと》がひびきわたった。

「!?」

なにかが――なにが起《お》こった!?

音《おと》がしたほうに駆《か》けつけて、オレはこぼれんばかりに目《め》を見《み》開《ひら》いた。

テナントビルの補修《ほしゅう》で積《つ》まれた鉄骨《てっこつ》が外《はず》れ、まがまがしい鉄骨《てっこつ》の1本《ぽん》が、タクシーをやすやすと貫通《かんつう》していた。

それは、オレの乗《の》っていたはずの後部座席《こうぶざせき》に――新《あたら》しい乗客《じょうきゃく》に、めりこんで――……

「……あ、っ」

ガクガクと足《あし》がふるえだす。

じごく、ジゴク、地獄《じごく》、死《し》ぬ……

『259』と車体番号《しゃたいばんごう》を記《しる》したプレートが、カツン、と音《おと》を立《た》てて、オレの足《あし》もとに転《ころ》がってきた……

おわり

採《さい》用《よう》試《し》験《けん》

脚《きゃく》本《ほん》◆武《たけ》井《い》彩《あや》

ゴクリ、とつばを飲《の》む音《おと》さえ聞《き》こえてきそうなほど、部屋《へや》の中《なか》は静《しず》まりかえっていた。

「……それでは、問題用紙《もんだいようし》を見《み》てください」

きっちりとしたスーツに身《み》を包《つつ》んだ試験官《しけんかん》の言葉《ことば》に、室内《しつない》の空気《くうき》が張《は》りつめる。

それもそのはず。


この試験《しけん》に合格《ごうかく》すること。


それが、いまこの小《ちい》さな部屋《へや》に集《あつ》まった受験生《じゅけんせい》たちの目標《もくひょう》なのだ。

手《て》もとの問題用紙《もんだいようし》に視線《しせん》を落《お》とす受験生《じゅけんせい》の人数《にんずう》は5人《にん》。

男性《だんせい》が3人《にん》、女性《じょせい》がふたり。

全員《ぜんいん》が、名前《なまえ》の代《か》わりに受験番号《じゅけんばんごう》が書《か》かれたプレートを胸《むね》につけている。

(合格《ごうかく》する……絶対《ぜったい》。私《わたし》は、そのために、ここにきたんだから……)

ひときわ真剣《しんけん》な表情《ひょうじょう》で問題用紙《もんだいようし》を見《み》つめているのは、胸《むね》に『96番《ばん》』と書《か》かれたプレートをつけた女子学生《じょしがくせい》だ。黒《くろ》のリクルートスーツ姿《すがた》で、セミロングの髪《かみ》をしっかりとうしろで一本《いっぽん》に結《むす》んでいる。いかにも利発《りはつ》そうな顔立《かおだ》ちだ。
もうひとりの女性《じょせい》は彼女《かのじょ》より少《すこ》し年上《としうえ》で、少《すこ》しきつめだが美人《びじん》の『74番《ばん》』。
男性《だんせい》たちの胸《むね》にも、もちろんプレートはついている。
壁側《かべがわ》の席《せき》に座《すわ》る中年《ちゅうねん》のおじさんには『52番《ばん》』。
がっしりとした体《からだ》つきの、いかにも体育会系《たいいくかいけい》な彼《かれ》には『183番《ばん》』。
それから、髪《かみ》をほとんど金髪《きんぱつ》に染《そ》めた若《わか》い学生《がくせい》は『131番《ばん》』、という具合《ぐあい》に。
「設問《せつもん》。以下《いか》の文章《ぶんしょう》を、別途配布《べっとはいふ》されている用紙《ようし》に、くりかえし記入《きにゅう》しなさい」
問題用紙《もんだいようし》に書《か》かれている文章《ぶんしょう》を、試験官《しけんかん》がそのまま読《よ》みあげる。
同《おな》じ文章《ぶんしょう》を目《め》で追《お》って、『96番《女子学生》』はふと首《くび》をかしげた。
「……『さいた、さいた、さくらがさいた、きれいだな』……？」
たったそれだけの文章《ぶんしょう》だった。
そして、机《つくえ》の上《うえ》には、問題文《もんだいぶん》とはべつに山《やま》のように積《つ》みあげられた白《しろ》い紙《かみ》……
(この文《ぶん》をこっちの紙《かみ》にくりかえし書《か》く……それだけでいいの？)
そんなにかんたんなことで、試験《しけん》に合格《ごうかく》できるんだろうか？

ほかの受験生《じゅけんせい》たちも、このふしぎな試験問題《しけんもんだい》にざわつきはじめる。

みんなの不安《ふあん》を代表《だいひょう》して手《て》を挙《あ》げたのは、体育会系《たいいくかいけい》の『183番《マッチョ》』。

「あの……」

「質問《しつもん》はいっさい受《う》けつけません」

彼《かれ》が口《くち》をひらくや、試験官《しけんかん》がぴしゃりと言《い》った。

受験生《じゅけんせい》の間《あいだ》にとまどいが広《ひろ》がる。

(これは、なにを見《み》る試験《しけん》なの……？)

合格《ごうかく》しないといけないのに。

そう思《おも》えば思《おも》うほど、『96番《女子学生》』もどんどん心配《しんぱい》になってくる。

(でも、とにかく書《か》かないといけないのよね……？)

とまどいながらも、とりあえずシャープペンを持《も》とうとした『96番《女子学生》』は、ふと、右手《みぎて》の中指《なかゆび》と人差《ひとさ》し指《ゆび》をクロスさせていることに気《き》がついた。

(これ、なんだっけ……？)

思《おも》いだそうとするが、自分《じぶん》でもよくわからない。

けれどクロスさせた指《ゆび》をジッと見《み》ていると、なぜだか妙《みょう》に落《お》ちついてくる。

冷静《れいせい》になれる。

自分《じぶん》がいま、なにをすべきかがはっきりとわかる。

(私《わたし》は、これを書《か》き写《うつ》す。書《か》かなければいけない。なぜならこれは――)

問題文《もんだいぶん》の手前《てまえ》に大《おお》きく書《か》かれている文字《もじ》は、『採用試験《さいようしけん》』。

そう。これは『採用試験《さいようしけん》』なのだ。

合格《ごうかく》しなければいけない。その為《ため》には、だされた問題《もんだい》をクリアしなければ。

「では、はじめ」

開始《かいし》の合図《あいず》で、受験生《じゅけんせい》たちはそれぞれ気持《きも》ちを切《き》り替《か》えたように、いっせいに文章《ぶんしょう》を書《か》き写《うつ》しはじめる。

試験官《しけんかん》は、そんな彼《かれ》らのようすを、部屋《へや》の前方《ぜんぽう》にあるパイプ椅子《いす》に座《すわ》ってじっと観察《かんさつ》しているようだった。

カリカリ、カリカリ……

室内《しつない》には文字《もじ》を書《か》く音《おと》と、壁《かべ》にかけられた時計《とけい》の秒針《びょうしん》の音《おと》だけが鳴《な》りひびいている。

時計《とけい》の針《はり》は12時《じ》12分《ふん》。

カリカリ、カリカリ……

カリカリカリカリ………

たまに書《か》きまちがえた紙《かみ》をクシャクシャと丸《まる》める音《おと》が聞《き》こえるのは、体育会系《たいいくかいけい》の『183番《マッチョ》』のせいだ。体《からだ》を動《うご》かすことは得意《とくい》そうだが、こういう単純作業《たんじゅんさぎょう》は苦手《にがて》らしい。

となりに座《すわ》る中年《ちゅうねん》の『52番《おじさん》』は、つかれてしまったのか、ときどきためいきをついている。

ふと気《き》がつけば時計《とけい》の針《はり》は1時《じ》をまわり、2時《じ》をまわり――……とうとう3時《じ》をまわろうとした、そのとき。

「こんなこと、いつまでやらせんだよ！」

もう我慢《がまん》ならないとでも言《い》うかのように、『131番《キンパツ》』が声《こえ》を荒《あら》らげ、黙々《もくもく》と書《か》き写《うつ》していた『74番《美女》』がおどろいたように顔《かお》をあげた。

「そりゃあさ、こっちも必死《ひっし》だからなんだってやるつもりだったけど……でもこんな意味《いみ》不明《ふめい》なこと、何時間《なんじかん》もなんてさぁ……」

けれど試験官《しけんかん》は黙《だま》ったまま、そんな彼《かれ》のようすをじっと見《み》つめているだけだ。

その態度《たいど》が癇《かん》に障《さわ》ったのか、『131番《キンパツ》』は乱暴《らんぼう》に席《せき》を立《た》った。

「やってらんねーよ！　バカにすんな！」

床《ゆか》にボールペンをたたきつける彼《かれ》に、ほかの受験生《じゅけんせい》たちもさすがにおどろいて手《て》を止《と》めてしまった。採用試験《さいようしけん》を受《う》けている身《み》で、という呆《あき》れが顔《かお》にでている者《もの》もいる。

それでもやはり試験官《しけんかん》はなにも言《い》わない。ただ黙《だま》って見《み》ているだけだ。

フテ寝《ね》をはじめてしまった『131番《キンパツ》』と試験官《しけんかん》のようすをチラチラ気《き》にしつつ、それぞれまた手《て》もとの試験《しけん》にもどりはじめる中《なか》――『96番《女子学生》』の彼女《かのじょ》だけは、まるで周囲《しゅうい》のざわめきが聞《き》こえていないかのように、一心不乱《いっしんふらん》に白紙《はくし》に文字《もじ》を書《か》きつづけていた。

それからどれくらい経《た》っただろうか。

ブーッ

「やっと終《お》わった……」

試験終了《しけんしゅうりょう》を知《し》らせるブザーの音《おと》に、受験生《じゅけんせい》たちはホッと息《いき》をはく。

が、『96番《女子学生》』だけは静《しず》かにシャープペンを置《お》き、前《まえ》を見《み》て――、それからいまはじめて我《われ》にかえったようにハッとした顔《かお》で周囲《しゅうい》を見《み》まわした。

試験官《しけんかん》が文字《もじ》の記入《きにゅう》された用紙《ようし》を回収《かいしゅう》していく。

『52番《おじさん》』は丁寧《ていねい》な文字《もじ》で書《か》き写《うつ》してはいるが、あまり進《すす》まなかったようで枚数《まいすう》は少《すく》ない。

書《か》けた紙《かみ》の枚数《まいすう》と、クシャクシャに丸《まる》めた枚数《まいすう》がほぼ同《おな》じになってしまったのは『183番《マッチョ》』だ。『131番《キンパツ》』は投《な》げたボールペンをひろおうともせず、あれから机《つくえ》につっ伏《ぷ》したままだったので、いちばん少《すく》ない。

『74番《美女》』はそんな3人《にん》のようすを、フフン、と得意《とくい》げに見《み》まわした。

(この試験《しけん》、私《わたし》が絶対《ぜったい》いちばんだわ)

真面目《まじめ》にコツコツ書《か》き写《うつ》していた『74番《美女》』の枚数《まいすう》は、彼《かれ》らよりもずっと多《おお》い。

が、そんな彼女《かのじょ》の表情《ひょうじょう》がかたまる。

「うそ……」

視線《しせん》の先《さき》に、『96番《女子学生》』の書《か》き写《うつ》した、山《やま》のような紙《かみ》が見《み》えたのだ。

『74番《美女》』のようすにつられて『96番《女子学生》』の机《つくえ》を見《み》たほかの受験生《じゅけんせい》たちも、おどろいて全員《ぜんいん》が目《め》をみはる。

その枚数《まいすう》の多《おお》さは圧倒的《あっとうてき》だった。

「つぎの試験《しけん》は別室《べっしつ》でおこないます。それまで控《ひか》え室《しつ》でお待《ま》ちください」

用紙《ようし》の回収《かいしゅう》を終《お》えた試験官《しけんかん》が小《ち》さ《い》な部屋《へや》のドアをあける。

すずしい顔《かお》をした『96番《女子学生》』以外《いがい》の受験生《じゅけんせい》たちは、くやしそうに席《せき》を立《た》ったのだった。

＊＊＊

最初《さいしょ》の試験《しけん》が長《なが》かったせいで、控《ひか》え室《しつ》にもどった面々《めんめん》は、みんなどこかぐったりとしていた。用意《ようい》されたパイプ椅子《いす》に深《ふか》く座《すわ》ったり、うなだれたり、机《つくえ》にほおづえをついてぼんやりとしていたり。

「…………」

けれどやはり『96番《女子学生》』だけは、背《せ》すじをのばして椅子《いす》に腰《こし》かけ、まっすぐ正面《しょうめん》をむいていた。あまりにキチンとしすぎていて、まるでつくり物《もの》の人形《にんぎょう》のようだ。

右手《みぎて》の中指《なかゆび》と人差《ひとさ》し指《ゆび》だけがまたクロスされている。どうやら『96番《女子学生》』の癖《くせ》らしい。

「ねえねえ！　君《きみ》、すごかったねえ、さっきの試験《しけん》！」

元気《げんき》に彼女《かのじょ》に話《はな》しかけたのは体育会系《たいいくかいけい》の彼《かれ》、『183番《マッチョ》』だった。

ほかの受験生《じゅけんせい》たちより回復《かいふく》が早《はや》かったようだ。

「…………」

前《まえ》をむく『96番《女子学生》』は聞《き》こえていないのか、無言《むごん》で壁《かべ》を見《み》つめたままだ。

『183番《マッチョ》』は困《こま》ったように、ちょっとだけ肩《かた》をすくめた。

（……私《わたし》は、どうしても、この試験《しけん》に合格《ごうかく》しなければいけない……）

『96番《女子学生》』は、どうしても、どうしても、と頭《あたま》の中《なか》でくりかえしながら、クロスさせた自分《じぶん》の指《ゆび》を持《も》ちあげた。

（そのために、がんばってきたんだから）

今年《ことし》は就職難《しゅうしょくなん》だと早《はや》くからニュースが流《なが》れていた。

学校《がっこう》では、みんながひとつの『募集要項《ぼしゅうようこう》』を手《て》に入《い》れようと必死《ひっし》だった。

『96番《女子学生》』だってそうだ。

慣《な》れないリクルートスーツに身《み》を包《つつ》み、もみくちゃにされながらがんばって、がんばって、そうしてやっと、ここの『募集要項《ぼしゅうようこう》』を手《て》に入《い》れた。

（先《さき》の見《み》えない時代《じだい》……平凡《へいぼん》な女子大生《じょしだいせい》の私《わたし》は……将来《しょうらい》が不安《ふあん》で……）

だからがんばった。

自分《じぶん》は社会《しゃかい》に貢献《こうけん》できる人間《にんげん》なんだと、面接官《めんせつかん》にわかってもらえるように。

「社会《しゃかい》に貢献《こうけん》したいんです！」

集団面接《しゅうだんめんせつ》まで進《すす》んだときも、そうやって必死《ひっし》に自己《じこ》アピールをした。

大勢《おおぜい》の受験生《じゅけんせい》が集《あつ》まって受《う》けた最初《さいしょ》の筆記試験《ひっきしけん》もがんばった。

（そうだ、私《わたし》は……なにか役《やく》に立《た》てるように、働《はたら》かないと……）

自分《じぶん》はできる、選《えら》ばれるんだ、選《えら》ばれなければいけない——

そう言《い》い聞《き》かせるようにして、合格者《ごうかくしゃ》の番号《ばんごう》を表示《ひょうじ》するモニターの前《まえ》で待《ま》っていたときも、彼女《かのじょ》の右手《みぎて》の人差《ひとさ》し指《ゆび》と中指《なかゆび》はクロスされていた。

（これは、そのための試験《しけん》……）

モニターの合格者番号《ごうかくしゃばんごう》に『96』と表示《ひょうじ》されて、ホッとした記憶《きおく》がよみがえる。

「……ようやく、ここまでこられた」

いまも彼女《かのじょ》の右手《みぎて》の指《ゆび》はクロスされていた。

なんだかこうしていると落《お》ちつく。自分《じぶん》のすべきことがわかる気《き》がする。

「本当《ほんとう》だよな。俺《おれ》たち全員《ぜんいん》受《う》かるようにがんばろうな」

「…………」

「ねえ、ところでその指《ゆび》、なにしてるの？」

指《ゆび》を持《も》ちあげじっと見《み》つめる『96番《女子学生》』に、『183番《マッチョ》』が聞《き》く。

「これは……おまじない、です」

「おまじない？」

「…………」

それきりまた指先《ゆびさき》を見《み》つめたまま黙《だま》ってしまった『96番《女子学生》』に、ほかの受験生《じゅけんせい》たちはどうしたものかと顔《かお》を見合《みあ》わせた。

さっきの試験《しけん》はいちばんよくできていたけど、この子《こ》はちょっと変《か》わっている。

口《くち》にはしないが、全員《ぜんいん》が同《おな》じような感想《かんそう》を抱《いだ》いていた。

「あ、ええと……さっきの試験《しけん》！　あれなんだったんでしょうね？　あんなことでいったいなにを判断《はんだん》するんだか」

『52番《おじさん》』が場《ば》の雰囲気《ふんいき》を変《か》えようと、わざと明《あか》るい声《こえ》をだす。

だれもが思《おも》っていた疑問《ぎもん》だった。

けれど、答《こた》えはだれにもわからない。

なんとなく無言《むごん》になってしまった控《ひか》え室《しつ》のドアが開《ひら》いたのは、ちょうどそんなときだった。受験生《じゅけんせい》たちの視線《しせん》がドアにむけられる。

「ただいまより、二次審査《じしんさ》を開始《かいし》します」

さきほどの試験官《しけんかん》が、入口《いりぐち》で静《しず》かにそう言《い》った。

＊＊＊

案内《あんない》された二次試験《じしけん》の会場《かいじょう》に入《はい》るなり、受験生《じゅけんせい》たちは全員《ぜんいん》がおどろいて、思《おも》わず息《いき》を飲《の》んでしまった。

せまい。あまりにもせまい部屋《へや》だったからだ。

部屋《へや》の中央《ちゅうおう》にはまあるいテーブルがあり、その周《まわ》りを5つの椅子《いす》がかこんでいる。

それだけで部屋《へや》の中《なか》がいっぱいになっているくらい、せまい。

「席《せき》は自由《じゆう》です。どうぞ、おかけください」

受験生《じゅけんせい》たちはおそるおそる、適当《てきとう》な椅子《いす》を選《えら》んで座《すわ》った。

全員《ぜんいん》の着席《ちゃくせき》を確認《かくにん》し、試験官《しけんかん》はゆっくりと説明《せつめい》を開始《かいし》する。

「ではまず、テーブルの上《うえ》に、両手《りょうて》をだしてください」

「？」

言《い》われるがまま、不安《ふあん》そうな顔《かお》をしつつ、受験生《じゅけんせい》たちは両手《りょうて》をテーブルの上《うえ》にのせた。

手《て》のひらは上《うえ》でも下《した》でも、どちらでも問題《もんだい》ないらしい。

全員《ぜんいん》の両手《りょうて》がのると、入《い》り口《ぐち》からワゴンを引《ひ》いたタキシード姿《すがた》の男《おとこ》たちが入《はい》ってきた。

「やだ、なに!?」

「なんだなんだ……!?」

おどろく受験生《じゅけんせい》たちを気《き》にもせず、タキシードの男《おとこ》たちは、テーブルにのせた5人《にん》それぞれの手《て》の上《うえ》に、小《ちい》さなお皿《さら》をのせた。

「なに……？」

男《おとこ》たちは受験生《じゅけんせい》たちの質問《しつもん》を完全《かんぜん》にスルーして、手《て》にのせた小《ちい》さなお皿《さら》の上《うえ》に、今度《こんど》はジュースの入《はい》った細長《ほそなが》いグラスを置《お》いた。

これからなにがはじまるのか、だれにもまるで見当《けんとう》がつかない。

5人《にん》がテーブルをかこんで、手《て》の上《うえ》にお皿《さら》とジュースをのせている。

そんな冗談《じょうだん》みたいな光景《こうけい》にとまどっていると、『131番《キンパツ》』が茶化《ちゃか》すようにつぶやいた。

「……この体勢《たいせい》で飲《の》めってか？」

「ぶふっ！　まさかぁ」

『183番《マッチョ》』がふきだしながら答《こた》えて、5人《にん》の緊張《きんちょう》がふとゆるむ。

「わっ」

と、笑《わら》った振動《しんどう》で、全員《ぜんいん》のジュースがユラユラとゆれた。

あわてた彼《かれ》らが、手《て》のひらの上《うえ》のジュースに視線《しせん》を集中《しゅうちゅう》させた瞬間《しゅんかん》。

「時間《じかん》は1時間《じかん》。絶対《ぜったい》に、手《て》の上《うえ》のグラスを倒《たお》さないこと」

「えっ！」

「ちょっと待《ま》てよ、なんだよそれ――」

「――では、はじめ」

受験生《じゅけんせい》たちのとまどう声《こえ》もどこふく風《かぜ》。

試験官《しけんかん》は試験開始《しけんかいし》を宣言《せんげん》すると、さっさと部屋《へや》をでていってしまった。

のこされた5人《にん》は、たがいに顔《かお》を見合《みあ》わせる。

なにを見《み》るための試験《しけん》なのか、本当《ほんとう》にまったくわからない。

「絶対《ぜったい》に、手《て》の上《うえ》の、グラスを、倒《たお》さない……」

けれど、試験官《しけんかん》はそう言《い》った。それが、この試験《しけん》の条件《じょうけん》なのだと。

『96番《女子学生》』は自分《じぶん》の手《て》の上《うえ》をじっと見《み》つめて、緊張《きんちょう》に顔《かお》をこわばらせた。

「ったく。くだらないことさせるよなあ」

となりの『183番《マッチョ》』が、小馬鹿《こばか》にしたように鼻《はな》で笑《わら》う。

彼《かれ》の身体《からだ》は、リクルートスーツの上《うえ》からでもわかるくらい鍛《きた》えられている。

この試験《しけん》のクリアには、きっと自信《じしん》があるのだろう。

よゆうの顔《かお》を見《み》せる『183番《マッチョ》』に、みんながなんとも言《い》えない気分《きぶん》になったそのとき。

パーッ！　パパーーッ！　パーッ！

とつぜん大《おお》きなクラクションの音《おと》が鳴《な》りひびき――

バンッ！

鼓膜《こまく》をゆらすような破裂音《はれつおん》がしたと思《おも》ったら、部屋《へや》の電気《でんき》が消《き》えた。
すぐに緊急用《きんきゅうよう》の赤《あか》いランプが点灯《てんとう》したが、明《あ》かりに浮《う》かんだ受験生《じゅけんせい》の顔《かお》は、おどろきと恐怖《きょうふ》で引《ひ》きつっている。
「……い、いまのなんなの……？」
ふるえる声《こえ》でつぶやいた『74番《美女》』が周《まわ》りを見《み》まわし、
「あ！」

正面《しょうめん》に座《すわ》った『183番《マッチョ》』のジュースが、円卓《えんたく》の上《うえ》に引《ひ》っくりかえっているのを見《み》つけた。

いきなりの音《おと》と停電《ていでん》で、彼《かれ》が飛《と》びあがるほどおどろいた証拠《しょうこ》だ。

「『183番《ばん》』、退室願《たいしつねが》います」

「…………」

低《ひく》い天井《てんじょう》の四《よ》すみに設置《せっち》されたスピーカーから、試験官《しけんかん》の声《こえ》がする。

『183番《マッチョ》』は、はずかしそうにうつむきながら、そそくさと部屋《へや》をでていった。

失敗《しっぱい》すると退室《たいしつ》させられて、それでおしまい。それが今回《こんかい》の試験《しけん》というわけだ。

のこされた受験生《じゅけんせい》たちは、緊張《きんちょう》にゴクリと喉《のど》を鳴《な》らした。

「な、なによ。こんなのどうってことない、ただのパーティーゲームじゃない」

「そ、そうですよね！　忍耐力《にんたいりょく》でも調《しら》べるつもりかな！」

「だよな！　やっぱくだらねーな！　な！」

「…………」

赤《あか》いランプに照《て》らされる室内《しつない》で、たがいを励《はげ》ましあう受験生《じゅけんせい》たち。

けれど会話《かいわ》はつづかない。

また静《しず》まりかえってしまった狭《せま》い部屋《へや》の中《なか》で、秒針《びょうしん》の音《おと》だけが、カチコチ、カチコチ、とひびいていた。

「……？」

そのとき、ふと、『96番《女子学生》』は、時計《とけい》のほかに、かすかな金属音《きんぞくおん》が聞《き》こえた気《き》がして、目《め》だけであたりを見《み》まわしてみる。

カチ、コチ……キィイ……

カチ、コチ、キィイ、コ……、チ、カチ、キィイン……

手《て》は動《うご》かさず、聴力《ちょうりょく》をたよりに、視線《しせん》を送《おく》り——

（あ。換気《かんき》ダクトが……）

どうやら、天井近《てんじょうちか》くにある換気用《かんきよう》のダクトカバーが外《はず》れかかり、キィキィとゆれている音《おと》のようだ。

冷静《れいせい》に原因《げんいん》をつき止《と》めた『96番《女子学生》』は、手《て》の上《うえ》のジュースに視線《しせん》をもどす。

つぎの瞬間《しゅんかん》。

「うわあああああ!!!」

彼女《かのじょ》のとなりに座《すわ》っていた『52番《おじさん》』が、とつぜんさけび声《ごえ》をあげて席《せき》を立《た》った。

ガシャン、とグラスの割《わ》れる音《おと》がする。床《ゆか》に落《お》ちて砕《くだ》けたようだ。

「い、いやだ……！　もういやだ！　でる！」

なにかにおびえるようにあたりを見《み》まわす『52番《おじさん》』を、スピーカーが冷静《れいせい》な声《こえ》で読《よ》みあげる。

「『52番《ばん》』、退室願《たいしつねが》います」

その声《こえ》を待《ま》ってましたといわんばかりに、彼《かれ》は飛《と》びだしていってしまった。

「な、なんなの？　暗所恐怖症《あんしょきょうふしょう》っていうこと……？　それにしたって、おどろきすぎよね！」

とつぜんとなりでおどろかされた『74番《美女》』は、不満《ふまん》いっぱいにほおをふくらませる。

「まったくだよ、な……、ァ？」

そのようすに笑《わら》いながらうなずきかけた『131番《キンパツ》』の表情《ひょうじょう》が、ふいにかたまった。それから恐怖《きょうふ》におびえた瞳《ひとみ》に涙《なみだ》をためて、ガタガタと大《おお》きくふるえはじめる。

「……なに？　どうしたのよ？」

「あ、そ、それ……」

「なによ……？」

うまく言葉《ことば》にならない『131番《キンパツ》』にあごで小《ちい》さく肩《かた》をしめされて、『74番《美女》』は眉《まゆ》をよせて首《くび》だけひねる。まだジュースのグラスは手《て》の上《うえ》だ。

「ひっ！」

その目《め》が肩《かた》にのるナニかを見《み》つけ、『74番《美女》』が喉《のど》の奥《おく》で悲鳴《ひめい》をあげた。

（………？　なにが起《お》こっているの？）

『96番《女子学生》』はふしぎに思《おも》って首《くび》だけを彼女《かのじょ》のほうにむけるが、自分《じぶん》の席《せき》からはよく見《み》えない。

すると今度《こんど》は、また『131番《キンパツ》』がビクッと動《うご》いた。

「うわぁ！　い、いま、オレの足《あし》に……!!」

ジタバタと足《あし》を動《うご》かした『131番《キンパツ》』は、身《み》をよじりながら床《ゆか》を見《み》て、ガチガチと歯《は》をふるわせはじめる。

(なに……?)

その顔《かお》は恐怖《きょうふ》で真《ま》っ青《さお》だ。

「な、なんか変《へん》なんだけど……」

「えっ?」

「床全体《ゆかぜんたい》が、うごめいてねぇか……?」

「——キャアッ!」

『74番《美女》』が悲鳴《ひめい》をあげる。

つられて床《ゆか》を見《み》ようとした『96番《女子学生》』の耳《みみ》に、カサカサとなにかが大量《たいりょう》に動《うご》きまわる音《おと》が聞《き》こえてきた。

(ナニかが、いる……?)

思《おも》わず床《ゆか》を見《み》ようと上半身《じょうはんしん》を大《おお》きくかしげたとたん、手《て》の上《うえ》のグラスがたおれそうになり、『96番《女子学生》』はとっさに体勢《たいせい》をもとにもどした。

(ダメ、こぼれちゃう……)

ほかになにかかないだろうか。

そう思《おも》っていた『96番《女子学生》』は、机《つくえ》のフチからナニかが上《のぼ》ってきていることに気《き》がついた。

「！」

それは――手《て》のひらほどの大《おお》きさもあるクモだった。

巨大《きょだい》なクモが、じわじわ、じわじわ、『96番《女子学生》』のほうへとやってくる。

「1時間《じかん》は……60分《ぷん》、60分《ぷん》は……３６００秒《びょう》、……そのあいだ、絶対《ぜったい》に、手《て》の上《うえ》の、グラスを、倒《たお》してはいけない……」

どんどんと腕《うで》に近《ちか》づいてくるクモの、８つのまあるい目《め》が、『96番《女子学生》』をじっと見《み》つめているかのようだ。一歩《いっぽ》、また一歩《いっぽ》と近《ちか》づいて――

ヒタリ

とうとう『96番《女子学生》』の腕《うで》にふれた。

瞬間《しゅんかん》、ピクリと反応《はんのう》してしまった手《て》の上《うえ》で、ジュースがゆれる。

「絶対《ぜったい》に。手《て》の上《うえ》の。グラスを……倒《たお》しては、いけない……倒《たお》して、は、いけない……60

分《ぶん》……手《て》の上《うえ》、グラス……絶対《ぜったい》に……」

『96番《女子学生》』の頭《あたま》の中《なか》に、命《めい》じられた課題《かだい》が何度《なんど》もひびく。

クモはそんな彼女《かのじょ》の腕《うで》によじのぼってくる。

スーツ越《ご》しに感《かん》じるクモの動《うご》き。

ざわざわ。

ざわざわ……

「っ」

『96番《女子学生》』はぎゅっと目《め》をとじて、視覚情報《しかくじょうほう》からクモを消《け》す。

「クロス・マイ・フィンガーズ、クロス・マイ・フィンガーズ……」

『96番《女子学生》』の口《くち》から、その言葉《ことば》が流《なが》れだした。


クロス・マイ・フィンガーズ。

つぶやくと、呼吸《こきゅう》がどんどん落《お》ちついてくる。

クロス・マイ・フィンガーズ。

クモの動《うご》きも気《き》にならない。

クロス・マイ・フィンガーズ。

ふと、きつくつむってなにも見《み》えないはずの目《め》の前《まえ》に、クロスさせた指《ゆび》が浮《う》かんだ。

＊＊＊

やさしい緑《みどり》の広《ひろ》がる庭《にわ》を、少女《しょうじょ》は祖母《そぼ》とふたりで歩《ある》いていた。

とても――とても、なつかしい思《おも》い出《で》。

（おばあ、ちゃん……）

これはいつの記憶《きおく》だろう。

大好《だいす》きな祖母《そぼ》が、少女《しょうじょ》の両肩《りょうかた》を両手《りょうて》で包《つつ》みこむように抱《だ》きしめる。

そうされるのが少女《しょうじょ》はとても好《す》きだった。

哀《かな》しいことも、ツラいことも、忘《わす》れられる。

祖母《そぼ》がゆっくりと少女《しょうじょ》の右手《みぎて》にふれた。

「クロス・マイ・フィンガーズ、よ」

少女《しょうじょ》の小《ちい》さな中指《なかゆび》と人差《ひとさ》し指《ゆび》を交差《こうさ》させる。

「クロス・マイ・フィンガーズ……だれの手《て》の中《なか》にもね、神様《かみさま》はいらっしゃるの。困《こま》ったときはこうしてごらんなさい。そうすれば、いま、自分《じぶん》がどうすべきか、神様《かみさま》が、答《こた》えを教《おし》えてくださるからね……」

おまじないのようなものだ。

少女《しょうじょ》は、大好《だいす》きな祖母《そぼ》の言葉《ことば》にうなずいて、自分《じぶん》の右手《みぎて》をじっと見《み》つめる。

クロス・マイ・フィンガーズ。

それは大切《たいせつ》な言葉《ことば》。

やるべきことをやれるように。

そう、だから、私《わたし》はできる。やれる。

やらなければならない、なぜなら――……


ブーッ！

試験終了《しけんしゅうりょう》のブザーが鳴《な》った。


「！」

ハッ、と目《め》をあけた『96番《女子学生》』は、我《われ》にかえって室内《しつない》を見《み》まわす。

テーブルの上《うえ》にも下《した》にも、割《わ》れたグラスや皿《さら》が落《お》ちている。

しかし、クモの姿《すがた》はかげも形《かたち》もなくなっていた。

「…………」

けれど『96番《女子学生》』の彼女《かのじょ》にとって、それはもうどうでもいいことだった。

この採用試験《さいようしけん》に必《かなら》ず合格《ごうかく》しなければいけない。

それが私《わたし》のやるべきこと。

その為《ため》に、正《ただ》しく、絶対《ぜったい》に、全《すべ》ての試験《しけん》をやりとげる。

ほかの受験生《じゅけんせい》たちはライバルだ。


「…………」


そういえば彼《かれ》らはどうなったのだろう。

『96番《女子学生》』は自分《じぶん》のむかいと、そのとなりに視線《しせん》を転《てん》じる。

ふたりとも、いまだにガタガタふるえているものの、退場《たいじょう》はしないですんだようだ。

けれど『74番《美女》』のジュースは半分《はんぶん》ほどがテーブルにこぼれ、『131番《キンパツ》』にいたってはほとんど空《から》のありさまだった。かろうじて手《て》の上《うえ》にのっているだけ、と言《い》ったほうが正《ただ》しいくらいだ。

（私《わたし》は、やりとげた……）

青《あお》ざめてふるえるふたりをよそに、『96番《女子学生》』の手《て》の上《うえ》のジュースは、ただの一滴《いってき》もこぼれていなかった。

＊＊＊

つぎの試験《しけん》まで、ふたたび待《ま》つように言《い》われて案内《あんない》された控《ひか》え室《しつ》には、先《さき》に退出《たいしゅつ》した『52番《おじさん》』と『183番《マッチョ》』がいた。席《せき》に座《すわ》った『74番《美女》』と『131番《キンパツ》』は、まださっきの試験《しけん》が忘《わす》れられないようで、顔色《かおいろ》が悪《わる》い。

「だ、大丈夫《だいじょうぶ》ですか？」

「ええ、まあ……」

ふたりのようすを心配《しんぱい》して声《こえ》をかけてきた『52番《おじさん》』に、『74番《美女》』が素《そ》っ気《け》なく答《こた》える。

「ねえねえ！　あれって、結局《けっきょく》どんな試験《しけん》だったんですか？」

いちばん最初《さいしょ》に退出《たいしゅつ》した『183番《マッチョ》』は興味津々《きょうみしんしん》なようだ。

「どうも……おかしいんだよな。部屋《へや》全体《ぜんたい》が、こう、なんていうかさあ――」

『131番《キンパツ》』は待《ま》ってましたとばかりに、さっきの部屋《へや》がどれだけおかしかったかを話《はな》しはじめた。

「ええっ？　そんな試験《しけん》だったんですか？　幻覚《げんかく》……いや、プロジェクトマッピング的《てき》な最新技術《さいしんぎじゅつ》で、いかにもクモがいるような緊急事態《きんきゅうじたい》をつくりだした、とか……」

「だって感覚《かんかく》もあったのよ。動《うご》いてたし、すごく気味《きみ》が悪《わる》かった！」

ぶるりと両肩《りょうかた》を抱《だ》きしめた『74番《美女》』も説明《せつめい》に加《くわ》わる。

「どっちにしろ、そんなのでてきたら、やっぱり俺《おれ》はジュースこぼしたなあ」

「ふつうそう思《おも》うだろ？　でも、あの『96番《女子学生》』は……」

完璧《かんぺき》だったんだぜ、という『131番《キンパツ》』の声《こえ》には、少《すこ》しだけくやしさが滲《にじ》んでいた。

全員《ぜんいん》の視線《しせん》が彼女《かのじょ》に集《あつ》まる。

けれど『96番《女子学生》』は、やはりなにも耳《みみ》に届《とど》いていないかのように背《せ》すじを正《ただ》し、人差《ひとさ》し指《ゆび》と中指《なかゆび》をクロスさせた自分《じぶん》の右手《みぎて》をジッと見《み》ているだけだった。

「なあ、アンタさ……」

『131番《キンパツ》』が話《はな》しかけようとしたとき、控《ひか》え室《しつ》のドアが開《ひら》いた。

「ただいまより、三次審査《じしんさ》を開始《かいし》します。なお、これが最終審査《さいしゅうしんさ》となります」

試験官《しけんかん》の宣言《せんげん》に、受験生《じゅけんせい》は全員《ぜんいん》、ゴクリとつばを飲《の》みこんだ。

＊＊＊

最後《さいご》の部屋《へや》は、いままでがうそのようにとても広《ひろ》い部屋《へや》だった。

まるでちょっとした町《まち》の体育館《たいいくかん》くらいはありそうな広《ひろ》さだ。天井《てんじょう》も高《たか》い。

ただ、どこにも窓《まど》はなく、一面《めん》、まっしろな壁紙《かべがみ》でおおわれている。

そのちょうど中央《ちゅうおう》に一本足《いっぽんあし》の小《ちい》さなテーブルがあり、その上《うえ》に小《ちい》さな箱《はこ》が置《お》かれていた。

「三次審査《じしんさ》で使用《しよう》するのは、この道具《どうぐ》です」

受験生《じゅけんせい》たちは我先《われさき》にと箱《はこ》の中《なか》をのぞこうとする。

試験官《しけんかん》がゆっくりと箱《はこ》をあけ、取《と》りだしたもの。

それは——なんと、拳銃《けんじゅう》だった。

「は？」

「それ……」

とまどう受験生《じゅけんせい》たちを無視《むし》して、試験官《しけんかん》は拳銃《けんじゅう》に1発《ぱつ》の実弾《じつだん》をこめる。それからシリンダーを回転《かいてん》させる。

これで、いつ実弾《じつだん》が発射《はっしゃ》されるのか、だれにもわからなくなってしまった。

「それでは、ひとりずつ順番《じゅんばん》に、この銃口《じゅうこう》をコメカミにむけ、引《ひ》き金《がね》を引《ひ》いてください。作業《さぎょう》は速《すみ》やかにおこなうこと。では試験《しけん》を開始《かいし》します。『52番《ばん》』、どうぞ」

「ええっ！」

番号《ばんごう》を呼《よ》ばれた『52番《おじさん》』は、思《おも》わず1歩《ぽ》あとずさった。

それもそのはず。これはロシアンルーレットだ。

もしも実弾《じつだん》がでたそのときは、まちがいなく死《し》んでしまう。

「いいかげんにしろよ……これのどこが試験《しけん》なんだよっ！」

「そ、そうですよ！　し、死《し》んだらどうするんですか！」

「質問《しつもん》はいっさい受《う》けつけません」

いきりたつ『131番《キンパツ》』にも臆《おく》せず、試験官《しけんかん》はひどく冷静《れいせい》な口調《くちょう》でそう言《い》った。あまりの冷《れい》静《せい》さにひるみかけた『131番《キンパツ》』だったが、ハッとなにかを思《おも》いついたように顔《かお》をあげる。

「……これ、本当《ほんとう》は採用試験《さいようしけん》じゃないんじゃねえの？」

「えっ？」

考《かんが》えてもみなかった言葉《ことば》に、受験生《じゅけんせい》たちはおどろいたような顔《かお》で『131番《キンパツ》』を見《み》る。

「そうだよ。どっかの金持《かねも》ちがさあ、仕事《しごと》がなくて困《こま》ってるオレたちを集《あつ》めて、無理難題《むりなんだい》ふっかけてさ、……それで、どこかでそれをながめて楽《たの》しんでるんじゃねえの？　そうだよ！　きっとそうなんだろ！　あっははは！　やってられっかよ！　オレはおりる！」

ふざけんな、とさけんで『131番《キンパツ》』は試験官《しけんかん》をにらみつける。

「棄権《きけん》ですか？」

「当《あ》たり前《まえ》だろ！　なあ、みんな！」

胸《むね》を張《は》ってうしろに控《ひか》えた彼《かれ》らを見《み》て——けれどほかの受験生《じゅけんせい》たちは、無言《むごん》のまま『131番《キンパツ》』からスッと目《め》をそらした。

試験《しけん》を受《う》ける意志《いし》がある、と判断《はんだん》した試験官《しけんかん》が、静《しず》かに受験生《じゅけんせい》の番号《ばんごう》を呼《よ》ぶ。

「では、『52番《ばん》』。改《あらた》めて、どうぞ」

「は、はい……」

「おい、冗談《じょうだん》だろ……あんたたち本気《ほんき》かよ……こんな……」

「やるわよ。いままでの苦労《くろう》が台無《だいな》しになるくらいだったら……」

「そうだよ……それにホンモノのわけ、ないだろうし……」

それぞれの言葉《ことば》に背中《せなか》を押《お》されるようにして、『52番《おじさん》』が前《まえ》にでる。

「『52番《ばん》』！」

「は、はいっ！」

ふたたび試験官《しけんかん》に番号《ばんごう》を呼《よ》ばれ、彼《かれ》はあわてて拳銃《けんじゅう》を受《う》けとった。

コメカミに当《あ》て、ゆっくり、ゆっくりと引《ひ》き金《がね》に指《ゆび》をかけ——


ダァアンッ!!


すんでのところで天井《てんじょう》にむけて引《ひ》き金《がね》を引《ひ》いた。

足《あし》もとにパラパラと白《しろ》い粉末《ふんまつ》が舞《ま》い落《お》ちて、思《おも》わず全員《ぜんいん》が天井《てんじょう》を見《み》あげる。

そこには、銃弾《じゅうだん》が撃《う》ちこまれた跡《あと》が、まざまざとのこっている。つまり……

「ほ、ホンモノ……」

「いやだ……いやだ！　もうたくさんだ！　いやだああ！」

うすくなった髪《かみ》をかきむしるようにして、『52番《おじさん》』はさけびながら出口《でぐち》にむかった。

けれど扉《とびら》はあかない。

「だしてくれ……ここからだしてくれよぉ……」

あまりの恐怖《きょうふ》にへたりこんでしまった『52番《おじさん》』は、ほとんど泣《な》きそうだ。

そんな彼《かれ》を無視《むし》して、試験官《しけんかん》は新《あら》たな実弾《じつだん》を拳銃《けんじゅう》にこめた。

「つぎ。『74番《ばん》』」

「……はい」

かたい声《こえ》で返事《へんじ》をして、『74番《美女》』はテーブルの前《まえ》に進《すす》みでた。拳銃《けんじゅう》を受《う》けとり、コメカミにむけようとして、……その手《て》が止《と》まる。

「……できない。やっぱりできないわ、こんなこと……やる必要《ひつよう》がどこにあるのよ……」

毅然《きぜん》としていた『74番《美女》』の瞳《ひとみ》から、ボロボロと涙《なみだ》がこぼれ落《お》ちる。

理不尽《りふじん》だ。こんなこと、絶対《ぜったい》におかしい。

「や、やっぱりおかしいですよ、こんなこと！」

「そうだよ、こんなの変《へん》だって！　この試験《しけん》、全員棄権《ぜんいんきけん》しようぜ！」

「棄権《きけん》ですか？」

彼《かれ》らのようすに、試験官《しけんかん》がそう確認《かくにん》する。

「もちろん！」

「当《あ》たり前《まえ》だろ！」

一致団結《いっちだんけつ》を見《み》せつけるようにうなずく受験生《じゅけんせい》たちの中《なか》で、ただひとり、『96番《女子学生》』だけがまっすぐ拳銃《けんじゅう》を見《み》つめている。

「『96番《ばん》』？」

試験官《しけんかん》が彼女《かのじょ》を呼《よ》んだ。

（やる、やらない、やる……やるべきことを、わたしは……わたし、は……）

正《ただ》しいことをしなくてはならない。正《ただ》しいこと。採用試験《さいようしけん》に合格《ごうかく》すること。

無意識《むいしき》に右手《みぎて》の指《ゆび》をクロスさせ、『96番《女子学生》』は祈《いの》るように目《め》をつむる。

「……やります」

「はあっ!?」

彼女《かのじょ》の宣言《せんげん》に、ほかの受験生《じゅけんせい》たちからおどろきの声《こえ》があがった。

息《いき》を飲《の》む彼《かれ》らの前《まえ》に進《すす》みでた『96番《女子学生》』は拳銃《けんじゅう》を取《と》り、コメカミにあてる。

「無理《むり》だろ、いくらなんでも……」

「お、おい、本気《ほんき》かよ……！　あんた、いったいなんのためにそこまですんだよ！」

「……合格《ごうかく》するためよ」

そうだ。合格《ごうかく》するためには、この引《ひ》き金《がね》をひかなければならない。それが、私《わたし》に与《あた》えられた、たったひとつの答《こた》えなのだから……冷静《れいせい》に……クロス・マイ・フィンガーズ――

急《きゅう》に、『96番《女子学生》』から表情《ひょうじょう》が消《き》えた。恐怖《きょうふ》も緊張《きんちょう》もなにもなく、ただ機械的《きかいてき》に引《ひ》き金《がね》を引《ひ》く。

カチャリ

「本当《ほんとう》にやりやがった……」

ぼうぜんとしただれかのつぶやきの意味《いみ》よりも、『96番《女子学生》』は達成感《たっせいかん》に満《み》たされていた。

＊＊＊

合格発表《ごうかくはっぴょう》のために集《あつ》められた部屋《へや》は、最終試験会場《さいしゅうしけんかいじょう》の半分《はんぶん》ほどの広《ひろ》さで、やはり窓《まど》のない白《しろ》い部屋《へや》だった。

「それではこれより、試験《しけん》の結果《けっか》を発表《はっぴょう》します」

『96番《女子学生》』以外《いがい》の受験生《じゅけんせい》たちは、これ以上《いじょう》聞《き》きたくないとばかりに下《した》をむく。

「96番《ばん》……」

「はい」

呼《よ》ばれた彼女《かのじょ》は、自信《じしん》に満《み》ちあふれた表情《ひょうじょう》で、1歩前《ぽまえ》にでた。

ほかの受験生《じゅけんせい》たちの間《あいだ》に、やっぱり、という大《おお》きな落胆《らくたん》の雰囲気《ふんいき》が広《ひろ》がる。

「君《きみ》は、不合格《ふごうかく》だ」

「えっ」

けれど、試験官《しけんかん》の言葉《ことば》に、全員《ぜんいん》が信《しん》じられないとばかりに顔《かお》をあげた。

「ほかのみなさんは全員合格《ぜんいんごうかく》です。おめでとう！　合格者《ごうかくしゃ》は今後《こんご》の手続《てつづ》きがあるので、あちらへどうぞ」

「うそだろ！　マジかよ！」

「やったわ……！」

「よ、よかった！」

試験官《しけんかん》にうながされ、喜《よろこ》びに顔《かお》を見合《みあ》わせながら、４人《にん》はぞろぞろと退室《たいしつ》してしまった。

彼《かれ》らの最後《さいご》に部屋《へや》からでていこうとした試験官《しけんかん》を、『96番《女子学生》』は必死《ひっし》で呼《よ》び止《と》める。

「……なぜですか？　なぜ、私《わたし》が不合格《ふごうかく》なんですか？　私《わたし》は、全《すべ》ての試験《しけん》をクリアしました。私《わたし》の試験《しけん》は、完璧《かんぺき》だったはずです！」

そうだ。完璧《かんぺき》に全《すべ》てをこなした。それができたのは自分《じぶん》だけだったはずだ。

なのに、なぜ……。

「完璧《かんぺき》だった。しかしそれは、言《い》い換《か》えればプログラムどおりだ」

「プログラム？」

試験官《しけんかん》の言葉《ことば》を『96番《女子学生》』は聞《き》きかえす。

「今回《こんかい》の試験《しけん》――いや、実験《じっけん》で、君《きみ》の取《と》った行動《こうどう》は全《すべ》て、我々《われわれ》の予測範囲《よそくはんい》を超《こ》えていない」

「実験《じっけん》、って……」

「人間性《にんげんせい》や感情《かんじょう》という、不確定《ふかくてい》で不可解《ふかかい》なものを、機械《きかい》が持《も》ち得《う》るかという実験《じっけん》だ」

「機械《きかい》……？」

理解《りかい》しようとする『96番《女子学生》』の首《くび》がわずかにななめにかしげられた。

「君《きみ》ほどの処理速度《しょりそくど》の頭脳《ずのう》をもってしても、まだ自分《じぶん》のことがわからないか……」

「自分《じぶん》？　私《わたし》？」

その言葉《ことば》は知《し》っている。理解《りかい》できる。

私《わたし》、わたし、ワタシは、社会《しゃかい》に貢献《こうけん》するために……試験《しけん》に、合格《ごうかく》するタメに……

「努力《どりょく》、……大学《だいがく》に通《かよ》って……難関《なんかん》、を、、、突破《とっぱ》して……」

「目的意識《もくてきいしき》や自信《じしん》は、人間《にんげん》として必要《ひつよう》だからな。まあ、実際《じっさい》に持《も》っている人間《にんげん》は少《すく》ないが
……困《こま》ったもんだ」

その言葉《ことば》も知《し》っている。解決策《かいけつさく》も知《し》っているのだ。

「困《こま》った、ときには……」

「クロス・マイ・フィンガーズだろ？」

いつのまにか、『96番《女子学生》』の指《ゆび》はきつくクロスされていた。

それをわかっていたかのように、試験官《しけんかん》は自分《じぶん》の指《ゆび》も同《おな》じ形《かたち》にしてみせる。

「どんな人《ひと》の手《て》の中《なか》にも神様《かみさま》はいらっしゃる……こうすると冷静《れいせい》になれる。そうだろう？」

「…………」

「『おまじないメモリ』。許容量《きょようりょう》を超《こ》えた条件下《じょうけんか》でも君《きみ》の機能《きのう》がフリーズしないよう、我々《われわれ》がインプットした停止抑制《ていしよくせい》システムのひとつだよ」

「許容量《きょようりょう》……フリー、ズ……」

「世《よ》の中《なか》に起《お》こり得《え》る、あらゆる場合《ばあい》を想定《そうてい》してプログラムを組《く》むことは不可能《ふかのう》だ。なにが起《お》こるか想像《そうぞう》もつかない人間社会《にんげんしゃかい》に、まだ、君《きみ》は適応《てきおう》できない」

「クロス・マイ・フィンガーズ……クロすマイフィんガーズ……」

「だから、君《きみ》を人間《にんげん》として採用《さいよう》することはできない」

その言葉《ことば》も『96番《女子学生》』は知《し》っている。

「ワタシ、わた、シ。。。不採用《ふさいよう》。クロス・マイ……」

「すまんな。私《わたし》の力不足《ちからぶそく》だ……」

同《おな》じ言葉《ことば》をくりかえす『96番《女子学生》』の両肩《りょうかた》を、試験官《しけんかん》は両手《りょうて》でやさしく抱《だ》きしめた。

同《おな》じ動《うご》きを知《し》っている。

大好《だいす》きな祖母《そぼ》の姿《すがた》が『96番《女子学生》』の脳回路《のうかいろ》から検出《けんしゅつ》される。

「カミ、さま……手《て》……クロス・マイ・フィンガーズ」

「もう考《かんが》えなくていい」

耳《みみ》もとで囁《ささや》く試験官《しけんかん》の指《ゆび》が、彼女《かのじょ》の髪《かみ》の生《は》え際《ぎわ》にかくされたリセットスイッチにふれる。

カチリ、と小《ちい》さな音《おと》がして、『96番《女子学生》』は糸《いと》の切《き》れたマリオネットのように、床《ゆか》に座《すわ》りこんで動《うご》かなくなった。

＊＊＊

「教授《きょうじゅ》！　おつかれ様《さま》でした！」

白衣《はくい》に着替《きが》えた試験官《しけんかん》の背《せ》を見《み》つけて、青年《せいねん》が小走《こばし》りで駆《か》けよってくる。

「……Hu《ヒュー》・it《イット》96シリーズの実用化《じつようか》はダメでしたか」

うす暗《ぐら》い研究所《けんきゅうじょ》の廊下《ろうか》をならんで歩《ある》きながら、青年《せいねん》は残念《ざんねん》そうに肩《かた》を落《お》とした。

ああ、と答《こた》えた試験官《しけんかん》は、手《て》にしたレポート用紙《ようし》に目《め》を落《お》とす。

「今回《こんかい》、出荷《しゅっか》は見送《みおく》ることにしたよ。君《きみ》の『おまじないメモリ』のアイディアはいいと思《おも》ったんだけどね。96シリーズでは、少《すこ》し負荷《ふか》がかかりすぎたようだ」

「また……一《いち》から出直《でなお》しですね……」

しょぼくれる青年《せいねん》がつき当《あ》たりの部屋《へや》のドアを開《ひら》いた。

中《なか》に広《ひろ》がる研究室《けんきゅうしつ》の一角《いっかく》に、どこかで見覚《みおぼ》えのある無機質《むきしつ》なつくりの人形《にんぎょう》が、山《やま》のように積《つ》みあげられている。

利発《りはつ》そうに整《ととの》った顔《かお》、セミロングの髪《かみ》、リクルートスーツ……。

それをチラリと横目《よこめ》で見《み》て、

「そうだな……長《なが》い道《みち》のりになりそうだ」

試験官《しけんかん》は、やれやれとためいきをついたのだった。

おわり

おばあちゃん

脚本《きゃくほん》◆落合《おちあい》正幸《まさゆき》

「せっかくの休《やす》みが、なんでこうなの？」

「だって、ほら……母《かあ》さんも歳《とし》だし、さびしいだろうから……」

「じゃあ義兄《にい》さん夫婦《ふうふ》がいけばいいじゃない。なんで私《わたし》たちがいかなきゃならないのよ。入院手続《にゅういんてつづ》きのときしかきてないわよね？」

イライラとしたようすをかくそうともせず、ママがパパに当《あ》たっている。

パパ、ママ、美保《みほ》の3人《にん》で、おばあちゃんのお見舞《みま》いにむかっているところなのだが、車《くるま》の中《なか》は朝《あさ》からずっとこんな感《かん》じだ。

小学《しょうがく》4年生《ねんせい》の美保《みほ》は、車《くるま》の窓《まど》から見《み》たことのない山道《やまみち》の景色《けしき》を見《み》つめながら、息《いき》をひそめるようにじっとしていた。

「むこうも仕事《しごと》で忙《いそが》しいだろうし……」

「私《わたし》たちだって暇《ひま》じゃないのよ！　ねえ、美保《みほ》？」

そんなことを言《い》われても困《こま》る。

たしかに学校《がっこう》の宿題《しゅくだい》や友《とも》だちとの約束《やくそく》や、やりたいゲーム、読《よ》みたい漫画《まんが》はあるけれど、今日《きょう》の予定《よてい》は一週間《いっしゅうかん》も前《まえ》から決《き》まっていたから、美保《みほ》はずっとそのつもりだった。

美保《みほ》が答《こた》えられないでいると、パパが「まあまあ」と宥《なだ》めるように言《い》った。

「母《かあ》さんも美保《みほ》に会《あ》いたいだろうしさ。たしか、赤《あか》ちゃんのときに抱《だ》っこしたきりじゃないか」

「そんなこと言《い》って、どうせもうなにもわかってないじゃない」

「陽子《ようこ》！」

「なによ！　寝《ね》たきりなのはホントでしょう！」

赤《あか》ちゃんのころに、たった一度《ど》だけ会《あ》ったことがあるらしいおばあちゃんのお見舞《みま》いにいく。それがママにはどうにも面白《おもしろ》くないらしい。

(ママは、おばあちゃんがきらいなのかな)

美保《みほ》のおばあちゃんは、今年《ことし》の夏《なつ》から入院《にゅういん》している。

ずっといなかにひとりで住《す》んでいたおばあちゃんは、この夏《なつ》、庭先《にわさき》でたおれているのを、郵便配達《ゆうびんはいたつ》の人《ひと》に発見《はっけん》された。それからずっと寝《ね》たきりらしい。

(おばあちゃん……でも、あんまり覚《おぼ》えてないんだよね……)

なんとなく——本当《ほんとう》になんとなく、目《め》をつむると、赤《あか》ちゃんだった自分《じぶん》を抱《だ》いて頭《あたま》をなでてくれたおばあちゃんがいた気《き》がする。だけど顔《かお》も覚《おぼ》えていない。

助手席《じょしゅせき》で文句《もんく》を言《い》いつづけているママに、パパがためいきをついた。

「……あと少《すこ》しのことじゃないか。医者《いしゃ》もそう言《い》ってたろ？」

「そうだけど……」

いまの美保《みほ》にわかることは、ママとおばあちゃんは仲《なか》がよくない、ということくらいだ。

(おばあちゃんって、どんな人《ひと》なんだろう)

窓《まど》の外《そと》を流《なが》れる景色《けしき》を見《み》つめながら、美保《みほ》はぼんやりとおばあちゃんについて考《かんが》えていた。

＊＊＊

ようやく到着《とうちゃく》した病院《びょういん》は、大《おお》きな門《もん》のあるとても立派《りっぱ》な建物《たてもの》で、だけど美保《みほ》はなんだか少《すこ》しこわいような気《き》がした。

さっきまで晴《は》れていた空《そら》が、厚《あつ》い雲《くも》でおおわれているせいかもしれない。

「いつきても、陰気《いんき》なとこね」

ふんっ、と鼻《はな》を鳴《な》らしたママは、それでも中《なか》に入《はい》れば笑顔《えがお》になった。

看護師《かんごし》さんたちに「よろしくお願《ねが》いします」と挨拶《あいさつ》をして、それからおばあちゃんの病室《びょうしつ》へむかう。

「ほら、中村《なかむら》さーん！　息子《むすこ》さんのご家族《かぞく》が見《み》えましたよ〜」

案内《あんない》してくれた年配《ねんぱい》の看護師《かんごし》さんが、おばあちゃんが寝《ね》ているベッドの周《まわ》りを囲《かこ》うカーテンの中《なか》に入《はい》って、声《こえ》をかけた。

おばあちゃんからの返事《へんじ》はない。

(ここが、病院《びょういん》……？)

美保《みほ》が風邪《かぜ》をひいたときにいったことがある病院《びょういん》とは、雰囲気《ふんいき》がちがう気《き》がする。

病院《びょういん》の中《なか》も外《そと》も、うす暗《ぐら》くて、少《すこ》し寒《さむ》い。

それに、カーテンにおおわれてベッドも見《み》えないおばあちゃんの病室《びょうしつ》は、かたい床《ゆか》のせいで足《あし》もとから冷《ひ》えてくるような気《き》さえする。

なんだかこわい。

「母《かあ》さん、元気《げんき》かい？　今日《きょう》は美保《みほ》もいっしょなんだよ」

「お元気《げんき》ですかぁ？　ほら、美保《みほ》、こっちにいらっしゃい。あなたのおばあちゃんよ」

車《くるま》の中《なか》とは打《う》って変《か》わって高《たか》い声《こえ》をだしているママに手招《てまね》きされて、美保《みほ》はおそるおそる、ベッドに近《ちか》づいた。看護師《かんごし》さんがカーテンを開《ひら》いて待《ま》っていてくれる。

最初《さいしょ》に見《み》えたのは、手《て》、だった。

ママや自分《じぶん》のものとはちがい、乾《かわ》いて黄色《きいろ》く、骨《ほね》のつくりがわかるほどやせている。

「………」

「母《かあ》さん、美保《みほ》だよ。こんなに大《おお》きくなったよ」

つぎは、お腹《なか》だ。

浴衣《ゆかた》のような寝巻《ねまき》の合《あ》わせからのぞいたおばあちゃんのお腹《なか》から、数本《すうほん》のカテーテルが伸《の》びていた。

「あら〜。今日《きょう》はお孫《まご》さんまで会《あ》いにきてくれて、よかったわねえ、中村《なかむら》さん！」

看護師《かんごし》さんが、おばあちゃんの耳《みみ》もとに大《おお》きな声《こえ》で話《はな》しかける。

美保《みほ》は、なにも答《こた》えないおばあちゃんの顔《かお》をそろそろと見《み》た。

目《め》は力《ちから》なく半開《はんびら》きで、鼻《はな》と口《くち》へも管《くだ》を通《とお》されたその顔《かお》に表情《ひょうじょう》はない。

まるで映画《えいが》かなにかにでてくる死骸《しがい》みたいだ、と思《おも》ってしまった。

(おばあちゃんって、もっと、あったかいって、思《おも》ってたのに……)

美保《みほ》は思《おも》わず一歩《いっぽ》あとずさる。

「どうした美保《みほ》。おばあちゃんの手《て》をにぎってあげなさい。赤《あか》ちゃんのころ、おまえの頭《あたま》をなでてくれたんだよ」

パパはそう言《い》うが、美保《みほ》はほとんど覚《おぼ》えていない。

(この手《て》が、わたしをなでたの？　本当《ほんとう》に？　こんなかたくて、冷《つめ》たそうな……)

そのとき、おばあちゃんの指《ゆび》が少《すこ》し動《うご》いた。

「！　動《うご》いた！」

「え？」

「動《うご》いたよ、いま。おばあちゃんの手《て》！」

「なに言《い》ってんの！　そんなはずあるわけないでしょう！」

ママがいやそうに眉《まゆ》をよせておばあちゃんを見《み》た。

まるで元気《げんき》になると困《こま》るみたいだ。

でも、と美保《みほ》が言《い》いかけたところで、カーテンがシャッとあけられて、主治医《しゅじい》の先生《せんせい》がやってきた。

「どうですか？　ご機嫌《きげん》は」

「あ、先生《せんせい》。いつも義母《はは》がお世話《せわ》になってます」

「やっぱりご家族《かぞく》がくるとちがいますね。中村《なかむら》さん、今日《きょう》は肌《はだ》の色《いろ》がいいね」

先生《せんせい》はやさしそうに話《はな》しかけながら、おばあちゃんの脈《みゃく》を取《と》り、カテーテルの具合《ぐあい》をテキパキと確認《かくにん》する。なにをされても、おばあちゃんはピクリとも動《うご》かなかった。

痩《や》せた胸《むね》に聴診器《ちょうしんき》を当《あ》てたあと、先生《せんせい》はパパとママをふりかえった。

「中村《なかむら》さん、ちょっと今後《こんご》のことでお話《はな》ししたいことがあるので、ナースステーションまでよろしいですか？」

「はい。ああ、美保《みほ》はここで待《ま》っててね」

「わたしもいく」

先生《せんせい》にうながされてでていこうとするママを、美保《みほ》はあわてて追《お》いかけた。

「ここにいなさい」

「やだ！　いっしょにいく！」

「いなさい！」

ママにぴしゃりと叱《しか》りつけられ、美《み》保《ほ》は泣《な》きそうになってしまった。

だって、こんなところにひとりで置《お》いていかれたくないのに。

「すぐだから。な？」

パパは美《み》保《ほ》の頭《あたま》をなでてくれたけど、結局《けっきょく》ママとふたりで病室《びょうしつ》をでていってしまう。

おばあちゃんの点滴《てんてき》をチェックしていた看護師《かんごし》さんももどってしまうと、すぐに美《み》保《ほ》はひとりきりになってしまった。

いや、正確《せいかく》には、美《み》保《ほ》とおばあちゃんのふたりきり、だ。

「………」

でも、おばあちゃんは話《はな》せない。寝《ね》たきりだ。

さっき動《うご》いたように見《み》えたのも、本当《ほんとう》に気《き》のせいだったのかもしれないと思《おも》うほどに、病室《びょうしつ》の中《なか》は静《しず》まりかえっている。

おばあちゃんのかげがカーテンにゆれて、美保《みほ》は窓《まど》の外《そと》に視線《しせん》を逃《に》がした。

美保《みほ》の不安《ふあん》をかきたてるように、黒《くろ》い雲《くも》が太陽《たいよう》を完全《かんぜん》におおいはじめている。

やがて、ポツポツと雨《あめ》が窓《まど》をたたきはじめ、あっという間《ま》にどしゃぶりになった。

(なんだか、いやだな……)

美保《みほ》はもう4年生《ねんせい》だ。雨《あめ》がこわいとか、ひとりで留守番《るすばん》がこわいとか、そんなことはないはずなのに、ここにいるのはいやだと思《おも》った。

窓《まど》に映《うつ》る雨《あめ》のかげが、天井《てんじょう》からカーテンへと流《なが》れ落《お》ち、ベッドに横《よこ》たわるおばあちゃんのかげへとつたっていく。

「やっぱりママたちのところにいこう!」

美保《みほ》が意《い》を決《けっ》して病室《びょうしつ》を出《で》ようと歩《ある》きだした、ちょうどそのとき。

「待《ま》っておくれ」

「え!?」

だれかの声《こえ》が聞《き》こえた気《き》がして、立《た》ちどまる。

ふりかえるが、だれもいない。

気《き》のせいかと思《おも》い直《なお》して、また戸口《とぐち》にむかおうとして、

「いかないで、ミホ」

「！」

今度《こんど》ははっきりと名前《なまえ》を呼《よ》ばれた。

もう一度《ど》ふりかえってあたりを見《み》たが、やっぱりあたりにはだれもいない。

おばあちゃんと、美保《みほ》のふたりだけ。

「……だれ？」

窓《まど》の外《そと》ではゴロゴロと雷《かみなり》の近《ちか》づいている音《おと》がする。

と、思《おも》ったら、ピカッと稲光《いなびかり》があたりを照《て》らし、おばあちゃんのかげを強《つよ》く浮《う》きあがらせた。

「！」

「ミホ、こっちへきておくれ……おばあちゃんのとこへ」

「おばあちゃんなの!?」

おどろいた。

だって、カーテンに映《うつ》るかげはピクリとも動《うご》かないのに。

「こっちへきておくれ、ミホ……」

もう一度《ど》たのまれて、美保《みほ》は緊張《きんちょう》しながら歩《ある》きだした。

こわい気持《きも》ちもある。

だけど、いまなにが起《お》きているんだろうという好奇心《こうきしん》が勝《か》った。

カーテンの前《まえ》で一度《ど》立《た》ちどまり、それから意《い》を決《けっ》して、シャッ、とあける。

さっき見《み》たときとなにも変《か》わらない、おばあちゃんの乾《かわ》いた手《て》が目《め》に入《はい》った。

(本当《ほんとう》におばあちゃんなの……？　なんだか……)

「ミホ、こわがらないでおくれ」

気持《きも》ちを察《さっ》したようにそう言《い》われ、美保《みほ》はビクリと肩《かた》を跳《は》ねさせた。

「こんな恰好《かっこう》だけど、あなたのおばあちゃんなんだよ」

少《すこ》しだけさびしそうな声《こえ》に、美保《みほ》は思《おも》わずおばあちゃんの顔《かお》を見《み》た。

なにも言《い》わないおばあちゃんのうすく開《ひら》いた目《め》から、涙《なみだ》がこぼれている。

「……おばあちゃん、おばあちゃん」

おばあちゃんなんだ、と美保《みほ》は思《おも》った。

いま、話《はな》しかけてくれているのは、ここにいるおばあちゃんなんだ。

「ううん。こわくなんかないよ。全然《ぜんぜん》こわくない。だって、わたしのおばあちゃんだもん」

おばあちゃんの乾《かわ》いた手《て》を、両手《りょうて》で包《つつ》みこむ。

「あったかいねぇ。ミホの手《て》は」

おばあちゃんがにっこり笑《わら》ってくれた気《き》がした。

いっしょに遊《あそ》んだことはないけど、はじめて美保《みほ》を抱《だ》っこしてくれたときも、きっとおばあちゃんは笑《わら》ってくれたんだと思《おも》った。

「美保《みほ》、覚《おぼ》えてるんだよ、おばあちゃんの手《て》。赤《あか》ちゃんだったけど、覚《おぼ》えてる。やさしくなでてくれたの」

「そうかい……そうかい。ありがとうねぇ」

おばあちゃんの冷《つめ》たくかたい手《て》をさすりながら、美保《みほ》の目《め》に涙《なみだ》があふれてきた。

もっといっしょにいたい。おばあちゃんと、いっぱい話《はなし》がしたい。

そういえば、どうしておばあちゃんは美保《みほ》と話《はなし》ができるんだろう？

「ねえ、おばあちゃん。どうして声《こえ》が聞《き》こえるの？」

「そうだね。ふしぎだね。でもおばあちゃんは、ずっとこうして話《はな》しかけてたんだよ。ミホにだけ聞《き》こえたみたいだねぇ。よかったね、よかった……」

おばあちゃんがしみじみと言《い》う。

パパにもママにも、お医者《いしゃ》さんにも看護師《かんごし》さんにも、だれにも声《こえ》が届《とど》かなくて、おばあちゃんはさぞ悲《かな》しかったにちがいない。

それなら今日《きょう》は、美保《みほ》がいっぱい話《はなし》をしてあげられる。

「……おばあちゃん？」

そう思《おも》っていたらおばあちゃんの声《こえ》がふいにとぎれて、美保《みほ》は心配《しんぱい》になった。

あいかわらず、見《み》た目《め》には変化《へんか》のないおばあちゃんの顔《かお》をのぞきこんでみる。

「でも、お別《わか》れなんだ」

「？　なんで？」

「あと3日《か》なんだよ、おばあちゃんが生《い》きてるのは。明後日《あさって》の朝《あさ》になったらお迎《むか》えがきてくれる」

「うそ！　ウソだよ。だって先生《せんせい》、肌《はだ》の色《いろ》いいねって」

「……先生《せんせい》こそ、うそなんだよ」

おばあちゃんは少《すこ》しだけさびしそうな声《こえ》でそう言《い》った。

うそだ。せっかくおばあちゃんといっぱい話《はなし》ができると思《おも》ったのに、そんなこと――

下《した》をむいてくちびるをかんだ美保《みほ》に、おばあちゃんがやさしく話《はな》しかけてくる。

「ミホ、おばあちゃんね、この間《あいだ》、魂《たましい》がぬける日《ひ》と時間《じかん》を教《おそ》わったんだ」

「だれが？　だれがそんなこと言《い》ったの!?」

ひどい、と思《おも》ったのに、おばあちゃんはおだやかにつづける。

「おまえもそのうちわかるよ。でもね、死《し》ぬのはこわいことじゃないんだ」

「いや！」

そうだとしても、ここからいなくなっちゃうのはまちがいない。

おばあちゃんと、こうやって話《はなし》ができなくなってしまう。

それがいやで、美保《みほ》は思《おも》わず首《くび》を横《よこ》にぶんぶんとふった。

「美保《みほ》！　そろそろ帰《かえ》るわよ！」

急《きゅう》にママの声《こえ》が聞《き》こえて顔《かお》をあげる。病室《びょうしつ》のドアのところにもどってきたらしい。

「なにしてるの？　ほら、早《はや》くいらっしゃい！」

でも、それ以上《いじょう》、中《なか》に入《はい》ってくるつもりはないようだ。

ママの声《こえ》が不機嫌《ふきげん》になっていく。

うしろ髪《がみ》を引《ひ》かれながらも、美保《みほ》が「いまいく」と言《い》いかけたとき、

「ミホ」

おばあちゃんが内緒話《ないしょばなし》のような声《こえ》で、また美保《みほ》を呼《よ》んだ。

「あのね……」

「……なあに？」

なにかを言《い》いかけて、まよっているようなおばあちゃんの手《て》を、美保《みほ》はもう一度《ど》包《つつ》みこんだ。

乾《かわ》いて骨張《ほねば》った手《て》をゆっくり温《あたた》めるようにさすっていると、おばあちゃんが言《い》った。

「おばあちゃん、死《し》ぬ前《まえ》に会《あ》いたい人《ひと》がいるんだ」

「……だれ？」

「どうしても、どうしてもその人《ひと》に会《あ》っておきたくてね……ミホ、おばあちゃんのお願《ねが》い、聞《き》いてくれないかい？」

「……なに？」

自分《じぶん》にできることなら、してあげたいと美保《みほ》は思《おも》った。

だけど——

「おばあちゃんに……ミホの体《からだ》、貸《か》しておくれ」

「！」

おばあちゃんの『お願《ねが》い』に、美保《みほ》は思《おも》わず息《いき》を飲《の》んだ。

包《つつ》んでいた手《て》を離《はな》してあとずさる。

(だって、だって、おばあちゃんは——……)

だけどおばあちゃんは、なおも美保《みほ》にお願《ねが》いをした。

「明日中《あしたじゅう》にもどってくるから。それまで絶対死《ぜったいし》なないから」

「……だめ」

「お願《ねが》いだ、明日《あした》1日《にち》。ひと目会《めあ》えればいいんだよ」

「……いや」

「1日《にち》だけ、お願《ねが》いだ！」

「いや！」

稲光《いなびかり》が走《はし》り、雷鳴《らいめい》があたりにゴロゴロとひびきわたる。さっきより近《ちか》づいているのがわかる大《おお》きな音《おと》だ。美保《みほ》はふるえそうになる足《あし》で、ベッドを囲《かこ》うカーテンを飛《と》びだしかけた。

「会《あ》いたいのは、弟《おとうと》なんだよ」

その背中《せなか》に、おばあちゃんのさびしそうな声《こえ》が聞《き》こえて、美保《みほ》は立《た》ちどまる。

「子《こ》どものとき、離《はな》れ離《ばな》れになった弟《おとうと》がいてね。その弟《おとうと》に、ひと目《め》会《あ》って話《はなし》ができれば、おばあちゃんはそれでいいんだ。もう想《おも》いのこすことはない」

なつかしそうな、それでいて切《せつ》なそうな声《こえ》だ。

おばあちゃんとは、ほとんどはじめて会《あ》ったけれど、赤《あか》ちゃんのとき自分《じぶん》をやさしく抱《だ》っこしてくれた記憶《きおく》がほんのりとある。

いまも、美保《みほ》と会《あ》えたことを喜《よろこ》んでくれて、美保《みほ》だってとてもうれしかった。

そんなおばあちゃんが、最後《さいご》に弟《おとうと》にひと目《め》会《あ》いたいとお願《ねが》いしている。

パパにもママにも、だれにも声《こえ》が届《とど》かないから、美保《みほ》しかお願《ねが》いできる人《ひと》がいないから
……でも……

「……無理《むり》だよね」

悩《なや》んでいる美保《みほ》の耳《みみ》に、おばあちゃんの声《こえ》は、ふっと力《ちから》なく笑《わら》ったように聞《き》こえた。

「ミホと話《はなし》ができただけでも、ありがたく思《おも》わなくちゃなのに、このまま逝《い》くんじゃあまりにもさびしかったから、つい。ありがとう……ミホ」

「…………」

きっと、おばあちゃんが動《うご》けるなら、いま、美保《みほ》をやさしく見《み》つめているんだろう。

「いきなさい。さよなら、元気《げんき》でね」

そうしてあの手《て》で、やさしく美保《みほ》の頭《あたま》をなでてくれるはずだ。

そう思《おも》った美保《みほ》はまたベッドの側《そば》までもどり、おばあちゃんの乾《かわ》いた手《て》を包《つつ》みこんだ。

「ミホ？」

「おばあちゃん、……弟《おとうと》のいるとこ、わかってるの？」

「……ああ」

明日《あした》にはもどれるということは、そんなに離《はな》れた場所《ばしょ》じゃないにちがいない。

それなのにずっと会《あ》えなかったなんて、おばあちゃんはすごくつらかっただろう。

「わたしも……弟《おとうと》がいたら、会《あ》いたいと思《おも》う。だから……でも、帰《かえ》ってきてね、ゼッタイだよ。明日《あした》までに、約束《やくそく》ね！」

「ありがとう、ありがとうミホ、帰《かえ》ってくるよ、絶対《ぜったい》に」

おばあちゃんの半分《はんぶん》だけ開《ひら》いた目《め》から、また涙《なみだ》がつたった。

「……おばあちゃん……」

よかった。大丈夫《だいじょうぶ》。おばあちゃんは弟《おとうと》に会《あ》って、それで、もどってきてくれる。

おばあちゃんの手《て》をなでている美保《みほ》のうしろで、激《はげ》しい稲光《いなびかり》と共《とも》に、雷《かみなり》の轟音《ごうおん》が部屋《へや》をゆらして、美保《みほ》はそのまま意識《いしき》を失《うしな》ったのだった。

＊＊＊

つぎに意識《いしき》を取《と》りもどしたとき、全身《ぜんしん》の渇《かわ》きと痛《いた》みで、美保《みほ》は信《しん》じられない気《き》がした。

視線《しせん》をむけたいのに体《からだ》が自由《じゆう》に動《うご》かせない。

(い、いたいよ……からだが、いたい)

乾《かわ》いた指《ゆび》は、どうがんばってもかすかに動《うご》くかどうか。

半分《はんぶん》だけ開《ひら》いた目《め》から涙《なみだ》がこぼれた。

(おばあちゃん、苦《くる》しいよ……苦《くる》しい……)

微《かす》かに人《ひと》の気配《けはい》がして、美保《みほ》は一生懸命《いっしょうけんめい》その人《ひと》かげに話《はな》しかけた。

すると、頭《あたま》の中《なか》に声《こえ》が――おばあちゃんの声《こえ》が聞《き》こえた。

『待《ま》っておくれ、ミホ。絶対《ぜったい》、もどってくるからね』

おばあちゃんだ!

少《すこ》し離《はな》れたところでママとパパの声《こえ》も聞《き》こえる。看護師《かんごし》さんたちにお礼《れい》を言《い》って、美保《みほ》を呼《よ》ぶ。駆《か》けだしていく小学生《しょうがくせい》の女《おんな》の子《こ》は、美保《みほ》だった。

自分《じぶん》の体《からだ》におばあちゃんが入《はい》っている。

(待《ま》って、苦《くる》しいよ……苦《くる》しい……パパー! ママー!)

おばあちゃんは、必《かなら》ず帰《かえ》ってきてくれると約束《やくそく》をした。信《しん》じている。

でも、こんな痛《いた》みを抱《かか》えながらひとりでのこるのが急《きゅう》にこわくなってきて、美保《みほ》は遠《とお》ざかっていくパパとママに、何度《なんど》も何度《なんど》も呼《よ》びかけたのだった。

＊＊＊

帰《かえ》りの車《くるま》の中《なか》で、ママはまた不機嫌《ふきげん》そうな声《こえ》でパパに話《はな》しかけていた。

「今度《こんど》は、最後《さいご》のときよ。いくんだったらあなたひとりでいってよね。どうせ、いったってわからないんだから」

だれのことを言《い》っているのか、美保《みほ》――の中《なか》に入《はい》ったおばあちゃんにはわかっていた。

これは自分《じぶん》の話《はなし》だ。あの病院《びょういん》で2日後《かご》に死《し》ぬはずの自分《じぶん》の話《はなし》を、嫁《よめ》と息子《むすこ》がしている。

嫁《よめ》はなにかと気《き》が強《つよ》く、孫《まご》の美保《みほ》ともほとんど会《あ》わせてもらえなかった。

夫《おっと》が死《し》に、息子《むすこ》も嫁《よめ》の言《い》うなりで。

悲《かな》しかったしさびしかった。

そんな思《おも》いで月日《つきひ》が流《なが》れ、とうとうたおれて。

話《はな》しかけてもずっとだれにも聞《き》こえないあの病院《びょういん》で、終《お》わってしまうと思《おも》っていたら、まさか、こんな奇跡《きせき》が起《お》こるなんて。

(ミホ……待《ま》っておくれ……すまない、もどるからね、ミホ)

遠《とお》ざかる病院《びょういん》を後部座席《こうぶざせき》で見《み》つめながら、おばあちゃんは心《こころ》の中《なか》で美保《みほ》に話《はな》しかけていた。

＊＊＊

翌朝《よくあさ》の月曜日《げつようび》。

久《ひさ》しぶりに体《からだ》の軽《かろ》やかな朝《あさ》を迎《むか》えたおばあちゃん──ミホは、ランドセルをしょって玄関《げんかん》にむかった。ママが台所《だいどころ》から顔《かお》だけをのぞかせて見送《みおく》ってくれる。

「美保《みほ》、忘《わす》れ物《もの》ないー?」

「うん!」

「ママ、今夜《こんや》お友《とも》だちとごはんだから。冷蔵庫《れいぞうこ》にお夕飯《ゆうはん》入《い》れておくからあっためてね」

「わかったー！　いってきまーす！」

それは今夜《こんや》もどったら本物《ほんもの》の美保《みほ》に教《おし》えてあげよう。そう思《おも》いながら、児童通学路《じどうつうがくろ》をミホは走《はし》った。ランドセルの中《なか》で教科書《きょうかしょ》がカチャカチャとはねる音《おと》がする。

今日《きょう》はこのまま学校《がっこう》にはいかないつもりで家《いえ》をでたが、授業《じゅぎょう》の準備《じゅんび》はしないとあやしまれるから入《い》れてみた。背中《せなか》の重《おも》みも、この音《おと》もなつかしい。

通学路《つうがくろ》から駅《えき》へとつづく道《みち》に入《はい》ろうとしたミホに、子《こ》どもたちの呼《よ》び声《ごえ》がした。

「美保《みほ》ー！　どこいくの？」

「学校遅刻《がっこうちこく》しちゃうよ！　ほら、美保《みほ》」

美保《みほ》の――本物《ほんもの》の美保《みほ》の友《とも》だちだろう。

屈託《くったく》のない笑顔《えがお》で手《て》を取《と》られそうになって、ミホはあわててふり払《はら》った。

びっくりした顔《かお》でミホを見《み》る子《こ》どもたちから距離《きょり》を取《と》る。

「あの、私《わたし》……忘《わす》れ物《もの》したみたい！　先《さき》にいってて！」

そう言《い》って、ミホは駅《えき》へと急《いそ》いで駆《か》けだした。

学校《がっこう》にはいけない。彼《かれ》を探《さが》して会《あ》う時間《じかん》がなくなってしまうから。

そうしたら美保《みほ》が、大変《たいへん》なことになってしまうから。

約束《やくそく》したのだ。必《かなら》ずもどると。

ミホは見覚《みおぼ》えのある道《みち》をひた走《はし》りながら、駅《えき》にむかった。

ランドセルをしょった小学生《しょうがくせい》が、ひとりで電車《でんしゃ》に乗《の》ることをあやしまれたりしないだろうか。

少《すこ》し緊張《きんちょう》したが、切符《きっぷ》さえきちんと買《か》ってしまえば、改札《かいさつ》は入《い》り口《ぐち》も出口《でぐち》も、あっさりとミホを通《とお》してくれた。駅員《えきいん》さんから声《こえ》をかけられることもなかった。

おりた町《まち》を、記憶《きおく》をたよりにミホは歩《ある》いた。

(なつかしい……)

ミホの記憶《きおく》にある風景《ふうけい》とは、どこもかしこも変《か》わっているはずなのにふしぎな気持《きも》ちだ。

ずぅっと昔《むかし》に彼《かれ》といっしょに歩《ある》いたあのころの空気《くうき》が、自然《しぜん》と蘇《よみがえ》ってくる気《き》がする。

「あっ!」

やがて、見覚《みおぼ》えのある垣根《かきね》にかこまれた家《いえ》が見《み》えた。

ミホはその家《いえ》に駆《か》けよると、垣根越《かきねご》しに少《すこ》しだけ背《せ》のびをして中《なか》のようすをうかがう。

縁側《えんがわ》に面《めん》した和室《わしつ》に、ぺちゃんこの布団《ふとん》が敷《し》かれ、その上《うえ》に横《よこ》たわるおじいさんの姿《すがた》が見《み》えた。その横《よこ》には、お嫁《よめ》さんらしい中年《ちゅうねん》の女《おんな》の人《ひと》がいて、面倒《めんどう》くさそうに、おじいさんの口《くち》もとにおかゆを運《はこ》んでいる。

とつぜん、おじいさんが苦《くる》しそうにせきこんで、口《くち》に入《はい》っていたおかゆが飛《と》んでしまった。

ほとんど同時《どうじ》に、家《いえ》の中《なか》から電話《でんわ》の鳴《な》る音《おと》が聞《き》こえてきた。

「ちょっとー！　なにやってんのよ、まったく！」

おばさんは、せきこむおじいさんを心配《しんぱい》するでもなく、飛《と》び散《ち》ったおかゆを片《かた》づけるでもなく、イライラとしたようすで、そのまま部屋《へや》をでていってしまった。

ミホは、あたりをキョロキョロと見《み》まわした。

(大丈夫《だいじょうぶ》、だれもいない……)

そーっと垣根《かきね》を越《こ》えて、布団《ふとん》の見《み》える位置《いち》までいく。

家《いえ》の奥《おく》からは、さっきのおばさんがだれかと話《はな》している声《こえ》が聞《き》こえていた。

電話《でんわ》の相手《あいて》は友《とも》だちだろうか。長話《ながばなし》になりそうだ。

ミホはそっと靴《くつ》を脱《ぬ》ぎ、横《よこ》たわるおじいさんのようすを見《み》た。

「……定雄《さだお》さん」

小《ちい》さく名前《なまえ》を呼《よ》んでみる。が、おじいさんは寝《ね》てしまっているようだ。

ミホは枕《まくら》もとに座《すわ》り、おじいさんの口《くち》もとをやさしく拭《ふ》いてあげる。

ふと気《き》がつくと、おじいさんがミホをじっと見《み》つめていた。

「定雄《さだお》さん、私《わたし》よ。わかる？」

「………」

呼《よ》びかけにも定雄《さだお》は答《こた》えない。ただただ、じっとミホを見《み》つめている。

ミホは両手《りょうて》でそっと定雄《さだお》の手《て》を包《つつ》みこんだ。

「定雄《さだお》さん。私《わたし》、覚《おぼ》えてるでしょ」

なにも言《い》わないけれど、きっとなにかを伝《つた》えようとしているんだと、ミホにはわかった。

だって、ミホがそうだったから。

昨日《きのう》、孫《まご》の美保《みほ》がきてくれるまで、いまの定雄《さだお》と同《おな》じだったからわかる。

「あなたの処《ところ》には、まだおつげがきてないみたいね。まだ、生《い》きなくちゃなんないのね」

「………」

「つらいだろうけど、そのうちこわくなくなるからね」

そう。死《し》はだれにでも訪《おとず》れるのだ。

本当《ほんとう》の本当《ほんとう》に死期《しき》が訪《おとず》れる少《すこ》し前《まえ》に、ミホはおつげを聞《き》いた。

自分《じぶん》の命《いのち》がいつ終《お》わるかを知《し》ったのだ。

だけど、それはこわいことではなかった。終《お》わりの見《み》えない苦《くる》しい時間《じかん》を生《い》きることのほうがつらかったから、むしろ、ようやく旅立《たびだ》てるのだとホッとできたくらいだ。

でも定雄《さだお》へのおつげがまだだというなら、彼《かれ》はもう少《すこ》し生《い》きなければいけない。

ミホは、彼《かれ》の口《くち》におかゆをすくったスプーンを運《はこ》んだ。

「せめて食《た》べるのよ。少《すこ》しでも、食《た》べて生《い》きることを楽《たの》しむの」

ゆっくりゆっくりと、むせないようにおかゆを口《くち》に入《い》れてあげる。ごくん、と飲《の》みこんだ定雄《さだお》の目《め》が、まるで「わかったよ」と答《こた》えるかのように、小《ちい》さく笑《わら》った。

ミホは思《おも》わずおかゆのおわんを床《ゆか》に落《お》として、そのまま定雄《さだお》を抱《だ》きしめた。

「私《わたし》、怒《おこ》ってないわよ」

「…………」

定雄《さだお》はやはりなにも言《い》わない。

「あなたには親《おや》が決《き》めた相手《あいて》がいたんだから。でも、もう一度《ど》、会《あ》いたかったの。やさしい言葉《ことば》をかけてほしかったの」

抱《だ》きしめかえしてもくれない。だけど、ミホにはわかっている。

定雄《さだお》も同《おな》じ気持《きも》ちでいてくれた、と。

美保《みほ》には弟《おとうと》とうそをついてしまったけれど、本当《ほんとう》に会《あ》いたかったのは、ずっとずっと前《まえ》に、想《おも》い合《あ》っていたけれど別《わか》れるしかなかった定雄《さだお》――恋人《こいびと》だ。

「どんな人生《じんせい》だった？　……私《わたし》もべつの人《ひと》と結婚《けっこん》したのよ。可愛《かわい》い孫《まご》もできた。でも、あなたのことは忘《わす》れなかった。想《おも》いだしては、心《こころ》がギュッと痛《いた》かった……」

「………」

自由《じゆう》に動《うご》ける手《て》があったなら、きっとミホを抱《だ》きしめかえしてくれただろう。

切《せつ》なさと愛《いと》しさで、年老《としお》い、やせてしまった定雄《さだお》を抱《だ》きしめながら、ミホはうっすら涙《なみだ》を浮《う》かべて、お別《わか》れの言葉《ことば》を口《くち》にする。

「むこうで会《あ》えたら、いろんな話《はなし》をしましょうね。ずっと、ずーっと……」

「だれ!?」

そのときだ！

長電話《ながでんわ》だとばかり思《おも》っていたおばさんが、部屋《へや》のドアをあけて立《た》っていた。

「どこの子《こ》!?　なにしてるの！」

しまった。

ミホはあわてて定雄《さだお》から離《はな》れると、ランドセルをしょったまま立《た》ちあがった。

「あっ……すみません！　こ、このおじいちゃん、苦《くる》しそうだったから」

「関係《かんけい》ないでしょ！　どこの子《こ》なの!?　こんな時間《じかん》に学校《がっこう》はどうしたの！」

苦《くる》しそうだったのは本当《ほんとう》だ。

でも、たしかにいきなり人《ひと》の家《いえ》に入《はい》りこんでいる小学生《しょうがくせい》はあやしまれて当然《とうぜん》だ。

ミホはあわてて部屋《へや》をでようとした。

「あの、すいません、もういきます」

「待《ま》ちなさい！」

けれどおばさんは、鬼《おに》のような顔《かお》でミホの腕《うで》をつかむと、謝《あやま》るミホを無視《むし》して警察《けいさつ》へと電話《でんわ》をしてしまったのだった。

＊＊＊

警察署《けいさつしょ》の保護室《ほごしつ》につれてこられたミホは、どうしようかと必死《ひっし》で頭《あたま》を悩《なや》ませていた。

タイムリミットは明日《あした》の朝《あさ》だけど、できれば今日中《きょうじゅう》に美保《みほ》のもとにもどりたい。

美保《みほ》のパパである息子《むすこ》に事情《じじょう》を話《はな》して車《くるま》で送《おく》ってもらえたら――などと考《かんが》えていると、保護室《ほごしつ》のドアが乱暴《らんぼう》にあけられた。

パパとママが息《いき》を切《き》らして立《た》っている。

「あ――」

ミホがなにかを言《い》う前《まえ》に、ママがミホのほおを思《おも》い切《き》りたたいた。

あまりに強《つよ》くたたかれたせいで、ミホは床《ゆか》にたおれ、机《つくえ》に額《ひたい》を打《う》ってしまったほどだ。

ズキズキすると思《おも》ったら、額《ひたい》がパックリと切《き》れてしまったらしい。

血《ち》がたらりとたれてくる。

「ママ！　なにもいきなりたたかなくても――」

パパがあわててミホのそばに駆《か》けよっても、ママのいきおいは止《と》まらない。

「お母《かあ》さん、今日《きょう》はまだ不安定《ふあんてい》ですから。明日《あした》、ゆっくり話《はなし》を聞《き》いてあげてください」

「あんたなにしてんの！　学校《がっこう》にもいかないで！」

落《お》ちつけようとした保護士《ほごし》の言葉《ことば》に耳《みみ》も貸《か》さず、ママは机《つくえ》に置《お》いてあったミホのランドセルを床《ゆか》にひっくりかえす。

「こんなところまでどうやってきたのかと思《おも》ったら……それ私《わたし》のサイフでしょう！　なんだと思《おも》ってるの、この子《こ》！　親《おや》のサイフまで盗《ぬす》んで！」

机《つくえ》に打《う》ちつけたミホの額《ひたい》から流《なが》れている血《ち》は気《き》にもしないでどなりちらすママに、パパがためいきをつきながら言《い》った。

「とにかく、今日《きょう》は帰《かえ》ろう。もう11時《じ》まわってるんだ」

「え!?」

その言葉《ことば》に、ミホは血《ち》の気《け》の引《ひ》く音《おと》がした。

(11時《じ》……11時《じ》!?)

タイムリミットは明日《あした》の朝《あさ》までだ。

そうおつげは教《おし》えてくれた。

朝《あさ》まで、もう数時間《すうじかん》しかない。

ここから電車《でんしゃ》は——ダメだ、もう病院《びょういん》への最終《さいしゅう》バスだって終《お》わっている。

(どうしよう……あっ!)

さっきママがランドセルの中身《なかみ》を床《ゆか》にまいたせいで、ミホはママのサイフが落《お》ちていることに気《き》がついた。

まよっているヒマはない。

ミホはサイフをつかんで駆《か》けだした。

「美保《みほ》!?」

うしろでパパのおどろいたような声《こえ》がする。

ごめんね、と心《こころ》の中《なか》で謝《あやま》って、ミホは必死《ひっし》で保護室《ほごしつ》を飛《と》びだした。

遅《おそ》い時間《じかん》ということもあってか、警察官《けいさつかん》の数《かず》も少《すく》なかったのは、不幸中《ふこうちゅう》の幸《さいわ》いだ。

追《お》いかけてくる大人《おとな》たちから身《み》をかくし、逃《に》げて、ミホはついに警察署《けいさつしょ》をぬけだすことに成功《せいこう》した。

(いまいくよ、ミホ……!)

明《あか》るく大《おお》きな道路《どうろ》にでると、運《うん》よくタクシーもつかまえることができた。

「ひとりかい? どこまで?」

「ええと――」

いき先《さき》に病院《びょういん》の名前《なまえ》を伝《つた》えると、運転手《うんてんしゅ》はいっしゅんけげんそうな顔《かお》をしたけれど、すぐに車《くるま》を発進《はっしん》させてくれた。これで一安心《ひとあんしん》だ。

(もうすぐ……もうすぐだ。待《ま》っててておくれ)

けれどあと少《すこ》しという森《もり》の中《なか》で、タクシーが急《きゅう》に止《と》まった。

時間《じかん》がないのに!

「どうして止《と》めるの? 早《はや》くいってください!」

「君《きみ》、いくら持《も》ってんの?」

子《こ》どもがこんな時間《じかん》に乗《の》ったせいで、不審《ふしん》がられているのだとわかる。

「お金《かね》ならあります……!」

ミホはつかんでいたママのサイフを運転手《うんてんしゅ》の目《め》の前《まえ》であけて見《み》せた。

料金《りょうきん》メーターをチラリと見《み》た運転手《うんてんしゅ》が、はあっといやな息《いき》をつく。

「これだけじゃ、ここまでだな」

「お願《ねが》いします！　早《はや》くしないと死《し》んじゃうんです！」

ミホは思《おも》わず運転席《うんてんせき》に身《み》を乗《の》りだした。

「……だれが？」

運転手《うんてんしゅ》に思《おも》いきり変《へん》な顔《かお》をされて、ハッとして口《くち》をつぐむ。

せっかくここまでくることができたのに、また警察《けいさつ》を呼《よ》ばれることだけはさけないといけない。ミホはおとなしくそこでタクシーをおりるしかなかった。

タクシーのドアがしまるのとほとんど同時《どうじ》に、ミホは全速力《ぜんそくりょく》で駆《か》けだした。

「ミホ、がんばるんだ！　必《かなら》ずもどるから！　がんばるんだよ！」

いまごろ、あの苦《くる》しみの中《なか》でひたすら自分《じぶん》を待《ま》っているだろう孫《まご》を思《おも》い、ミホは走《はし》った。

道路《どうろ》をいくより、森《もり》の中《なか》をつっ切《き》っていくほうが早《はや》い。

「ごめん、ごめんよミホ。もうすぐ……もうすぐだ！　もうすぐもどるからね……！」

夜《よる》の森《もり》は、暗《くら》く、深《ふか》い。

だけど、むきだしの足《あし》が枝《えだ》に引《ひ》っかかれ、傷《きず》だらけになってもミホは走《はし》った。

＊＊＊

そのころ、もう少《すこ》し先《さき》にある病院《びょういん》では、動《うご》けないおばあちゃんの体《からだ》をかこむようにして、先生《せんせい》と看護師《かんごし》が話《はな》し合《あ》っているところだった。

「ちょっとヤバいかな？」

「ご家族《かぞく》に連絡《れんらく》しますか？」

おばあちゃんの胸《むね》に聴診器《ちょうしんき》を当《あ》てる先生《せんせい》に、看護師《かんごし》が確認《かくにん》する。

だが、顔《かお》をあげた先生《せんせい》は腕時計《うでどけい》を見《み》て、肩《かた》をすくめた。

「この時間《じかん》だし……朝《あさ》になってからでいいんじゃない？」

どうせ本人《ほんにん》には聞《き》こえていないと思《おも》っているからこその会話《かいわ》だ。

けれど、おばあちゃんは――おばあちゃんの中《なか》にいる美保《みほ》には、全部《ぜんぶ》聞《き》こえている。

身体中《からだじゅう》が痛《いた》い。

明日《あした》の朝《あさ》？

それはおばあちゃんが言《い》っていたタイムリミットだ。

（やだ……やだよ、おばあちゃん……）

こわい。おばあちゃんは死《し》ぬのはこわいことじゃないと言《い》っていたけれど、美保《みほ》にはこわい。

ママにもパパにも会《あ》えなくなる。友《とも》だちとも遊《あそ》べなくなる。やだ。こわい。

（痛《いた》いー！　痛《いた》いよぉ！　おばあちゃん！　おばあちゃん!!）

美保《みほ》は声《こえ》の限《かぎ》りにさけんだ。

おばあちゃんは、もどってくれると約束《やくそく》した。でも、まだこない。

体《からだ》はどんどん痛《いた》みを増《ま》して、半開《はんびら》きのおばあちゃんの目《め》から、細《ほそ》い涙《なみだ》がこぼれる。

（おばあちゃん！　もどって！　早《はや》くもどって！　わたし死《し》んじゃう！）

けれども、医者《いしゃ》と看護師《かんごし》はそんな美保《みほ》の声《こえ》に気《き》づかないまま、静《しず》かに部屋《へや》をでていってしまった。

それからどれくらいたっただろう。

ベッドを囲《かこ》うカーテンのすきまから、うっすら朝日《あさひ》が射《さ》してくる。

それに気《き》づいて、美保《みほ》はふるえた。

朝《あさ》になったら、お迎《むか》えがくる。——そう、おばあちゃんは言《い》っていた。

「いや、いや……！　死《し》にたくない！　死《し》にたくない！　こわいよぉ！」

だれにも聞《き》こえない声《こえ》でさけぶ美保《みほ》に、朝日《あさひ》はようしゃなく部屋《へや》を照《て》らす。

それから、急《きゅう》に天井《てんじょう》がまぶしくなった。

「なに……？」

動《うご》けない美保《みほ》を目《め》がけて、朝日《あさひ》とはべつの光《ひかり》が天井《てんじょう》からおりてくる。

もしかしてこれが、おばあちゃんの言《い》っていた……

「お、お迎《むか》え……？　こわい！　やだよー！　あっちいって！」

本当《ほんとう》はベッドから転《ころ》がり落《お》ちたいくらいなのに、美保《みほ》の体《からだ》は動《うご》かない。

天井《てんじょう》から降《ふ》る光《ひかり》は、美保《みほ》の体《からだ》をすっぽりと包《つつ》みこんでしまいそうだ。

「ミホ！」

そのとき、いきおいよく扉《とびら》が開《ひら》いた！

「おばあちゃん！」

聞《き》き覚《おぼ》えのあるなつかしい自分《じぶん》の声《こえ》に、美保《みほ》は心《こころ》の底《そこ》からホッとした。

おばあちゃんだ。約束《やくそく》どおり、おばあちゃんはちゃんともどってきてくれた。

「ごめんよ、ミホ」

美保《みほ》の姿《すがた》をしたおばあちゃんが、ベッドに横《よこ》たわる美保《みほ》のそばにくる。

なんだか服《ふく》がボロボロだ。よく見《み》れば、あちこち傷《きず》だらけになっている。

だけど、おばあちゃんは、やさしくほほえんで美保《みほ》を見《み》つめた。

「すまなかったねえ、ミホ。随分《ずいぶん》と苦《くる》しい思《おも》いをさせて。よくがんばってくれたね……」

「おばあちゃん。苦《くる》しかった……苦《くる》しかったよ……」

おばあちゃんがこんなに苦《くる》しい思《おも》いをしていたなんて、美保《みほ》ははじめて知《し》った。

「ごめんね、ミホ。でも、ミホのおかげで、おばあちゃん会《あ》うことができたよ。これでおばあちゃん、逝《い》ける。ありがとう」

おばあちゃんが美保《みほ》の手《て》を取《と》った。

骨張《ほねば》って乾燥《かんそう》した手《て》に、小学生《しょうがくせい》の自分《じぶん》の手《て》は、ふっくらとして柔《やわ》らかくて、あったかい。

おばあちゃんの願《ねが》いも叶《かな》ったとわかって、美保《みほ》は本当《ほんとう》にうれしくなった。

これで美保《みほ》はもとの体《からだ》にもどれるし、おばあちゃんも安心《あんしん》して旅立《たびだ》てる。

「よかったね、おばあちゃん」

「ありがとう……ミホ」

天井《てんじょう》の光《ひかり》が、よりいっそう眩《まばゆ》さを増《ま》して、ベッドの上《うえ》の体《からだ》を包《つつ》みこもうとおりてくる。

全部《ぜんぶ》が包《つつ》まれてしまうその瞬間《しゅんかん》、ミホの手《て》は、おばあちゃんの手《て》からふいに離《はな》れて——

おばあちゃんは死《し》んだ。

その朝《あさ》、あらかじめ伝《つた》えられていた通《とお》りに……。

＊＊＊

あのふしぎなできごとから30年《ねん》の月日《つきひ》がすぎて――

ミホは、喪服姿《もふくすがた》でお葬式《そうしき》にきてくれた弔問客《ちょうもんきゃく》に頭《あたま》をさげて、お礼《れい》を言《い》いながら、あの日《ひ》のことを思《おも》いだしていた。

おばあちゃんは死《し》んでしまった。死《し》ぬのはこわくないと言《い》っていたおばあちゃん。

（……あの苦《くる》しみから、おばあちゃんは解放《かいほう》された。あの、ひどい苦《くる》しみから。きっとむこうで……楽《たの》しくすごしていると思《おも》う……）

遺影《いえい》にむかって手《て》を合《あ》わせてくれていた客《きゃく》が、ミホの前《まえ》で深々《ふかぶか》とお辞儀《じぎ》をする。

それに合《あ》わせてミホも頭《あたま》をさげてから、ゆっくりと顔《かお》をあげた。

その額《ひたい》には、机《つくえ》に打《う》ちつけてできた傷《きず》が、はっきりとのこっている。

あれは本当《ほんとう》に痛《いた》かった。

最後《さいご》の客《きゃく》が葬儀場《そうぎじょう》をでたのを見送《みおく》って、もどってきたミホは、祭壇《さいだん》に飾《かざ》られた写真《しゃしん》を見《み》あげた。

「もう、お父《とう》さんと会《あ》えた？　お母《かあ》さん」

そう呼《よ》ぶようになって、もうずいぶんと時間《じかん》がすぎた。

黒《くろ》いふちで飾《かざ》られた写真《しゃしん》たての中《なか》には、年老《としお》いた母《はは》の写真《しゃしん》がある。

ミホの母《はは》は、最期《さいご》の３年《ねん》、あのころのおばあちゃんのように、管《くだ》のつながった体《からだ》になった。

寝《ね》たきりで、なにも訴《うった》えることもできず、病院《びょういん》ですごした。

ミホはそんな母《はは》を、手厚《てあつ》く看護《かんご》した……手厚《てあつ》く……母《はは》がおばあちゃんにしたことを、言《い》った言葉《ことば》を、そのまま……かえして……


なにも反応《はんのう》はなかったが、ミホには全《すべ》てわかっていた。

お母《かあ》さんには聞《き》こえている。きっとこちらに話《はな》しかけてもいるだろう。

だけどミホにもだれにもその声《こえ》は聞《き》こえないから、どんな話《はなし》をしても大丈夫《だいじょうぶ》だ。

(名前《なまえ》で呼《よ》んでも反応《はんのう》が見《み》られなかったのは残念《ざんねん》だったけど、しかたない……だって、そういうものなんだから)

客《きゃく》の前《まえ》では目《め》もとの涙《なみだ》をぬぐうフリをして持《も》っていたハンカチを、ミホはおもむろに広《ひろ》げた。

自分《じぶん》の額《ひたい》の傷《きず》に軽《かる》く当《あ》てる。

もう痛《いた》みはないけれど、ここにふれる度《たび》、少《すこ》しだけ胸《むね》の奥《おく》がズキンと痛《いた》む。

「ミホには……悪《わる》いことをしたね……」

それが唯一《ゆいいつ》の心《こころ》のこりだ。


あのとき、――光《ひかり》が全《すべ》てをおおいつくそうとしたあの瞬間《しゅんかん》。

美保《みほ》の体《からだ》にいたおばあちゃんは、とっさに美保《みほ》の手《て》を離《はな》していた。

きっと美保《みほ》は、なにが起《お》きたかわからなかったことだろう。

おばあちゃんは、間《ま》に合《あ》った。

美保《みほ》との約束《やくそく》を守《まも》り、必死《ひっし》で夜《よる》の森《もり》を駆《か》け、タイムリミットまでに病室《びょうしつ》にもどった。

でも、……もどることはできなかった。

死《し》ぬのがこわかったわけじゃない。

お迎《むか》えは、あの苦《くる》しみからの解放《かいほう》だとおばあちゃんは知《し》っていた。

もう体中《からだじゅう》の痛《いた》みにあえぐことも、だれにも声《こえ》が届《とど》かないと泣《な》くこともなくなる。

きっとそのうち、ああまでして会《あ》いにいった最愛《さいあい》の恋人《こいびと》、定雄《さだお》もきてくれるとわかっていた。

それでも——

おばあちゃんは、まだやりのこしたことがあったと、気《き》づいてしまったのだ……

額《ひたい》の傷《きず》にふれながら、「お母《かあ》さん」と呼《よ》ぶようになって長《なが》い女《おんな》の写真《しゃしん》を見《み》る。

「だって、不公平《ふこうへい》だろ。あの女《おんな》も苦《くる》しい思《おも》いをしなきゃ」

ミホの口《くち》から冷《つめ》たい笑《え》みがこぼれた。

「不公平《ふこうへい》だろ。私《わたし》ばっかりじゃ」

好《す》きな人《ひと》と別《わか》れさせられ、家《いえ》のためにした結婚《けっこん》で授《さず》かった息子《むすこ》を、いいようにあやつった嫁《よめ》だった。初孫《はつまご》との対面《たいめん》は一度《ど》きり——いや、息子《むすこ》の計《はか》らいで、死《し》に際《ぎわ》に一目《ひとめ》と会《あ》わせてくれたから、二度《ど》、か。

まさか、それが最後《さいご》になるなんて考《かんが》えてもいなかった。

でも、ミホは――おばあちゃんは、思《おも》ってしまったのだ。

それまですごく苦《くる》しかった。つらかった。

やりかえすチャンスがめぐってきた、と。

「お母《かあ》さん、ミホには会《あ》えた？」

冷《つめ》たい笑《え》みを浮《う》かべたおばあちゃんは、お母《かあ》さんの写真《しゃしん》をじっと見《み》つめて語《かた》りかける。

それから額《ひたい》に当《あ》てていたハンカチを、はらりと床《ゆか》に落《お》として、ミホはゆっくりと葬儀場《そうぎじょう》をあとにした。

おわり

通算《つうさん》

脚本《きゃくほん》◆ふじきみつ彦《ひこ》

俺《おれ》の名前《なまえ》は山岡武《やまおかたけし》。職業《しょくぎょう》、刑事《けいじ》。59歳《さい》。

あと4日《か》で定年退職《ていねんたいしょく》を迎《むか》える身《み》だ。

この歳《とし》まで刑事一本《けいじいっぽん》でやってきた俺《おれ》が、若《わか》いやつらに自信《じしん》を持《も》って言《い》えること。

それは『足《あし》で稼《かせ》げ』ということだ。

現場百遍《げんばひゃっぺん》。忍耐《にんたい》と勘《かん》と、地道《じみち》にコツコツ。

それが、俺《おれ》の信条《しんじょう》だ。

今日《きょう》も今日《きょう》とて、殺人未遂《さつじんみすい》の容疑者《ようぎしゃ》が潜伏《せんぷく》していると思《おも》われるアパートの近《ちか》くに車《くるま》を停《と》めて、今朝《けさ》からずっと張《は》りこみをしている。時計《とけい》の針《はり》は、もう深夜《しんや》をまわっている。

「しかし、奴《やつ》もねばるな……」

一睡《いっすい》もせずに見張《みは》っているが、容疑者《ようぎしゃ》が動《うご》く気配《けはい》はまるでない。

さすがにつかれがでてきてしまう。

あくびをかみ殺《ころ》そうとしたちょうどそのとき、運転席《うんてんせき》のドアが開《ひら》いた。

「おう、西田《にしだ》。もどったか」

「コーヒー買《か》ってきました」

「悪《わる》いな」

コンビニ袋《ぶくろ》から手際《てぎわ》よくわたしてくれるのは、俺《おれ》の相棒《あいぼう》、西田《にしだ》だ。まだ20代《だい》なかばだが、根性《こんじょう》もあり、よく気《き》のつくいいやつだ。勘《かん》も悪《わる》くない。

「姿見《すがたみ》せましたか？　田宮《たみや》のヤロウ」

「いや、まだだ」

「はあ……、こんだけ張《は》りこんでも姿見《すがたみ》せずか。ねばりますね」

さっきの俺《おれ》と同《おな》じ感想《かんそう》をもらす西田《にしだ》にうなずきながら、コーヒーをあける。

一口《ひとくち》飲《の》むと、気《き》がゆるんだのか、ついあくびがでてしまった。

めざとく見《み》つけた西田《にしだ》が、にやりと笑《わら》って俺《おれ》を見《み》る。

「大丈夫《だいじょうぶ》すか？　山岡《やまおか》さん」

「なにがだ？」

「いやあ、ほら。退職《たいしょく》までに花道《はなみち》飾《かざ》りたいのもわかりますけど、あんまり無茶《むちゃ》しないでくださいよ。もう歳《とし》なんすから」

「うるせーよ」

自分用《じぶんよう》に買《か》ってきたらしいスポーツ新聞《しんぶん》を西田《にしだ》からうばって、先《さき》に読《よ》む。

昨日《きのう》の試合《しあい》で、キリのいい出場記録《しゅつじょうきろく》を打《う》ちたてた野球選手《やきゅうせんしゅ》が、デカデカと載《の》っていた。

見《み》だしには、デカい文字《もじ》でこう書《か》かれている。


『高林《たかばやし》、通算《つうさん》2000試合出場達成《しあいしゅつじょうたっせい》!!』


弾《はじ》ける笑顔《えがお》の選手《せんしゅ》を見《み》ていると、ついボヤきが口《くち》をついた。

「いいよなぁ、2000回試合《かいしあい》にでただけで祝《いわ》ってもらえて。俺《おれ》なんか、何回出勤《なんかいしゅっきん》したって、だれも祝《いわ》ってくれねぇもんなぁ」

当《あ》たり前《まえ》だ。

世《よ》の中《なか》、通勤《つうきん》だろうが通学《つうがく》だろうが、そんなことをだれがいちいち祝《いわ》うもんか。

住《す》む世界《せかい》のちがいってやつだ。

——このときの俺《おれ》は、たしかにそう思《おも》っていた。

結局《けっきょく》あのあと、容疑者《ようぎしゃ》・田宮《たみや》は待《ま》てど暮《く》らせど姿《すがた》を見《み》せず。

夜《よる》が明《あ》け、仲間《なかま》と見張《みは》りを交替《こうたい》して、俺《おれ》は西田《にしだ》といっしょに警察署《けいさつしょ》にもどってきた。

「あ、山岡《やまおか》さん、おはようございます！　張《は》りこみ、おつかれ様《さま》です！」

「おいっす」

デスクにつくや、仲間《なかま》たちがつぎつぎと成果《せいか》を聞《き》きにやってくる。

「どうでした？　田宮《たみや》は」

「全然《ぜんぜん》だな。成果《せいか》なし」

「そうですか……」

進展《しんてん》なしの現状《げんじょう》に、みんながためいきをついたちょうどそのとき。

♪　**ピンポンパンポーン**

「おめでとうございます、おめでとうございます」

「んっ？　なんだ？」

急《きゅう》に、聞《き》いたことのない男《おとこ》の声《こえ》で、館内《かんない》アナウンスが鳴《な》りひびいた。

「山岡刑事《やまおかけいじ》、ただいまの出勤《しゅっきん》が、刑事生活《けいじせいかつ》・通算《つうさん》１０００回目《かいめ》の出勤《しゅっきん》でございます」

「えっ？」

「お〜〜！」

おどろく俺《おれ》をよそに、仲間《なかま》たちは歓声《かんせい》をあげ、あっという間《ま》に拍手《はくしゅ》の嵐《あらし》が巻《ま》き起《お》こる。

「おめでとうございます、山岡《やまおか》さん！」

「すごーい！　１０００回《かい》なんて、さすが山岡《やまおか》さんです！」

なんだ？　なにが起《お》きたんだ!?

わけもわからずとまどっていると、とつぜん、スーツを着《き》たアナウンサーふうの男《おとこ》が署《しょ》の中《なか》に入《はい》ってきた。

まっすぐ俺《おれ》のほうにやってくる。

「な、なんだ？」

男《おとこ》は、まるでスポーツの実況中継《じっきょうちゅうけい》でもはじめそうなマイクを持《も》っている。

そのうしろには、サンバイザーに、チアガールの衣装《いしょう》を着《き》た若《わか》い女《おんな》の子《こ》がふたり。

胸《むな》もとには『通算《つうさん》』というししゅう文字《もじ》が入《はい》っている。

「私《わたし》たち」

「通算《つうさん》ガールズです！」

「はぁ？」

「「おめでとうございまーす！」」

彼女《かのじょ》たちは元気《げんき》よくそう言《い》うと、ひとりが『通算《つうさん》10000出勤達成《しゅっきんたっせい》』と書《か》かれたボードを、もうひとりが、胸《むね》に『祝《しゅく》10000出勤《しゅっきん》』と書《か》かれたタスキのかかったぬいぐるみを手《て》わたしてきた。

「なんだコレ？」

「『通算《つうさん》くん人形《にんぎょう》』です♡」

可愛《かわい》らしい笑顔《えがお》で言《い》われるが、聞《き》きたいのはそういうことじゃない。

「いや、だから……」

「おめでとうございます、山岡《やまおか》さん！」

「すげー！」

「山岡《やまおか》さんが10000回出勤達成《かいしゅっきんたっせい》したんだって！」

「ウソ～、かっこいい～」

もう一度聞《どき》きかえそうとした俺《おれ》は、いつのまにか、署員《しょいん》たちが全員立《ぜんいんた》ちあがっていることに気《き》がついた。拍手《はくしゅ》で迎《むか》えられれば悪《わる》い気《き》はしないが、どうしていいのかわからない。

ぎこちない笑顔《えがお》で応《こた》えつつ、西田《にしだ》の姿《すがた》を探《さが》す。

人《ひと》だかりのうしろのほうにいた西田《にしだ》は、なにかを投《な》げるようなジェスチャーをしていた。

口《くち》パクで同《おな》じ言葉《ことば》をくりかえしている。

「投《な》げて投《な》げて」

そう言《い》っているように見《み》える。

投《な》げる――なにをだ？

「に・ん・ぎょ・う」

にんぎょう……人形《にんぎょう》、ああ！　『通算《つうさん》くん人形《にんぎょう》』をか！

すすめられるまま、俺《おれ》は人形《にんぎょう》を人《ひと》だかりにポーンッと投《な》げてやる。

「きゃーっ！　うれしい！」

10,000出勤
10,000出勤
達成!!
通算
通算

「わ〜、いいなあ！」

うまくキャッチできた若《わか》い女性警察官《じょせいけいさつかん》が、大喜《おおよろこ》びで飛《と》びはねた。

うらやむ声《こえ》といっしょに、更《さら》に拍手《はくしゅ》が大《おお》きくなる。

なにがどうなってるんだ、いったい……？

わけのわからない光景《こうけい》に、ひとまず笑顔《えがお》で応《こた》えながらも、俺《おれ》は首《くび》をひねるしかなかった。

＊＊＊

「はずかしいったらありゃしねぇよ、あんなことされて……」

昼《ひる》を少《すこ》しまわったころだ。

聞《き》きこみで外《そと》にでていた俺《おれ》と西田《にしだ》は、近《ちか》くのコーヒーショップで休憩《きゅうけい》を取《と》ることにした。

今朝《けさ》の署内《しょない》でのできごとについて、ついボヤきがでてしまう。

そんな俺《おれ》に、西田《にしだ》はどこかうれしそうな顔《かお》をむけてきた。

「いいんじゃないんすか？　山岡《やまおか》さん、本当《ほんとう》に長年《ながねん》がんばってきたんすから。それに、これ聞《き》いたら喜《よろこ》ぶと思《おも》いますよ、娘《むすめ》さんも」

「ん？」

「娘《むすめ》さん、大好《だいす》きじゃないすか、刑事《デカ》やってる山岡《やまおか》さんのこと。結婚《けっこん》して、もう1年《ねん》でしたっけ？」

「あぁ……」

よくそんなことを覚《おぼ》えていやがる。

西田《にしだ》と歳《とし》の近《ちか》い俺《おれ》の娘《むすめ》は、生《う》まれつき身体《からだ》が弱《よわ》かった。

妻《つま》を早《はや》くに亡《な》くした俺《おれ》は、そのころまだ駆《か》けだしで、娘《むすめ》にはたくさんの苦労《くろう》をかけた。

だが娘《むすめ》は、そんな俺《おれ》に愚痴《ぐち》のひとつも言《い》わず、お父《とう》さんのおかげだ、刑事《けいじ》の俺《おれ》が好《す》きだ、などと言《い》ってくれる心《こころ》のやさしい娘《むすめ》に育《そだ》った。

「何度《なんど》か山岡《やまおか》さんちにお邪魔《じゃま》させていただいたとき、娘《むすめ》さん、よく言《い》ってましたもんね」

「……そうだったか？」

まるで兄貴《あにき》のような顔《かお》を見《み》せる西田《にしだ》から、俺《おれ》はすっと視線《しせん》をそらした。

「しっかし田宮《たみや》のヤロウ、尻尾《しっぽ》ださねぇなぁ」

胸《むね》ポケットに入《い》れたピルケースから、胃薬《いぐすり》を2錠《じょう》取《と》りだす。

「また胃薬《いぐすり》っすか？」

「ストレスだよ。あのヤロウ、しぶてぇからな」

胃薬《いぐすり》とのつきあいは、十数年《じゅうすうねん》になる。

刑事《けいじ》はそういう商売《しょうばい》だ。

そう思《おも》いながらコップの水《みず》で胃薬《いぐすり》を流《なが》しこんだ瞬間《しゅんかん》。

♪ **パンパカパーン！**

ファンファーレのような音《おと》が店内《てんない》にひびきわたった。

「な、なんだ!?」

「おめでとうございます！」

聞《き》き覚《おぼ》えのある声《こえ》にふりかえると、今朝《けさ》のあのアナウンサーが店《みせ》に入《はい》ってきたところだった。

「山岡刑事《やまおかけいじ》、ただいま飲《の》みこみました胃薬《いぐすり》が、通算《つうさん》２００００錠目《じょうめ》の胃薬《いぐすり》でございます！」

「えっ」

「お〜〜！」

マイクを通《とお》してされた発表《はっぴょう》と共《とも》に、男《おとこ》から『通算《つうさん》２００００胃薬達成《いぐすりたっせい》』と書《か》かれたボードが手《て》わたされる。店内《てんない》の客《きゃく》たちがどよめき、拍手《はくしゅ》が起《お》こる。

今朝《けさ》の署内《しょない》と同《おな》じような光景《こうけい》にとまどっていると、今度《こんど》は通算《つうさん》ガールズが元気《げんき》よく俺《おれ》のもとに駆《か》けてきた。

「『おめでとうございまーす！』」

「山岡刑事《やまおかけいじ》には副賞《ふくしょう》として、胃薬《いぐすり》１年分《ねんぶん》が贈《おく》られます」

止《や》まない拍手《はくしゅ》に包《つつ》まれながら、大《おお》きな胃薬《いぐすり》の模型《もけい》と『通算《つうさん》くん人形《にんぎょう》』がわたされる。

ふと横《よこ》を見《み》ると、西田《にしだ》も立《た》ちあがって、俺《おれ》に拍手《はくしゅ》を贈《おく》ってくれているじゃないか。

俺《おれ》は、これをどうすりゃいいんだ？

いたたまれない気分《きぶん》になりつつ、今朝《けさ》と同《おな》じように『通算《つうさん》くん人形《にんぎょう》』をポーンと客《きゃく》のほうへと投《な》げてみる。

すると、まるで結婚式《けっこんしき》で花嫁《はなよめ》の放《ほう》った花束《はなたば》に群《むら》がるように、若《わか》い女《おんな》の子《こ》たちが我先《われさき》にと手《て》をのばした。

「きゃーっ！　やったー！」

キャッチした高校生《こうこうせい》くらいの女《おんな》の子《こ》が喜《よろこ》んでいる。

そんなに喜《よろこ》ばれると、どうにもむずがゆいような、照《て》れくさいような気《き》になってくるじゃないか。今度《こんど》もし機会《きかい》があったら、また放《ほう》り投《な》げてもいい。

「それでは、山岡刑事《やまおかけいじ》にお話《はなし》を聞《き》いてみましょう」

「えっ？」

とつぜん、アナウンサーが俺《おれ》にマイクをむけてきた。

「おめでとうございます。まずはみごと20000錠目《じょうめ》の胃薬《いぐすり》をお飲《の》みになった、いまの率直《そっちょく》なお気持《きも》ちをお聞《き》かせください」

「え……、あの……、ストレスの多《おお》い仕事《しごと》ではありますが、20000も飲《の》んでいたとは、夢《ゆめ》にも思《おも》いませんでした……」

あと、こんなことを聞《き》かれるなんてことも、夢《ゆめ》にも思《おも》っていなかった。

まるでプロ野球選手《やきゅうせんしゅ》のヒーローインタビューみたいじゃないか。

「飲《の》みこむ瞬間《しゅんかん》、どんなことを考《かんが》えていましたか？」

ずいっとマイクを近《ちか》づけられて、俺《おれ》はお立《た》ち台《だい》に乗《の》った気分《きぶん》で周囲《しゅうい》を見《み》まわしてみる。

「……なにも意識《いしき》せず、ただ、普段通《ふだんどお》り飲《の》もうと」

「自然体《しぜんたい》ということですね。素晴《すば》らしいです。さて、ではこの喜《よろこ》びを、いまいちばん、だれに伝《つた》えたいですか？」

だれに――……

さすがにちょっと考《かんが》えこんでしまった俺《おれ》を、西田《にしだ》がとつぜん大声《おおごえ》で呼《よ》んだ。

「あっ！　山岡《やまおか》さん！　外《そと》、外《そと》ッ！」

「え？」

さっきまでの祝賀《しゅくが》ムードとは一変《いっぺん》、血相《けっそう》を変《か》えた西田《にしだ》のようすに、俺《おれ》も窓《まど》の外《そと》を見《み》る。

「田宮《たみや》です！」

見《み》まちがえるはずがない。ずっといっしょに追《お》っていた犯人《はんにん》が、目《め》の前《まえ》にいた。

あまりに大《おお》きな動《うご》きをしてしまったせいか、田宮《たみや》も俺《おれ》たちに気《き》づいたようだ。

店《みせ》のガラス越《ご》しに、田宮《たみや》が手《て》を挙《あ》げてタクシーをつかまえたのが見《み》える。

「ヤロウ、逃《に》げる気《き》か！」

「待《ま》てーっ！」

西田《にしだ》がダッシュで店《みせ》を飛《と》びだし、俺《おれ》もその後《あと》を追《お》おうとして――

「あ、ちょっとすみません」

キラキラと賞賛《しょうさん》のまなざしをむけつづけてくれているギャラリーにことわりを入《い》れると、またも黄色《きいろ》い声《こえ》が、そこかしこからあがってくる。

「待《ま》てー！」

それを背後《はいご》に聞《き》きながら、俺《おれ》も店《みせ》を飛《と》びだした。大《おお》きな錠剤《じょうざい》の模型《もけい》は邪魔《じゃま》だが、まさか道路《どうろ》に捨《す》てていくわけにもいかないから、抱《かか》えたまま。

外《そと》にでて、走《はし》りだしたばかりのタクシーと西田《にしだ》の背中《せなか》を追《お》う。

しかし車《くるま》に足《あし》で勝《か》てるわけがない。

「くそっ！」

軽快《けいかい》なエンジン音《おん》をひびかせて走《はし》り去《さ》ってしまったタクシーに、俺《おれ》と西田《にしだ》は、思《おも》わず大《おお》声《ごえ》でどなったのだった。

＊＊＊

やっと拝《おが》めた容疑者《ようぎしゃ》の姿《すがた》を、みすみすとり逃《に》がした翌日《よくじつ》の朝《あさ》。

俺《おれ》と西田《にしだ》は、昨日《きのう》と同《おな》じ場所《ばしょ》に車《くるま》を待機《たいき》させ、田宮《たみや》のアパートを張《は》りこんでいた。くやしさをバネに、今日《きょう》こそはと意気《いき》こんでいる。

「人《ひと》が増《ふ》えてきたな」

「そうっすね……」

通勤通学《つうきんつうがく》の時間《じかん》にかぶってきたようだ。

こういう時間帯《じかんたい》は、経験上要注意《けいけんじょうようちゅうい》だ。

容疑者《ようぎしゃ》が人波《ひとなみ》にまぎれて、外《そと》に出《で》やすくなるからだ。

だというのに、アパートの出入《でい》り口《ぐち》をにらんでいる俺《おれ》の横《よこ》で、西田《にしだ》はスポーツ新聞《しんぶん》を広《ひろ》げはじめた。こういうところが、刑事《けいじ》としてまだ若《わか》い。

「す～げぇ！　さすが山岡《やまおか》さんっすね～！」

そう言《い》われてつい目《め》をむけると、新聞《しんぶん》一面《めん》にはデカデカと『山岡刑事《やまおかけいじ》、通算《つうさん》10000回目《かいめ》の出勤《しゅっきん》を20000錠目《じょうめ》の胃薬《いぐすり》で飾《かざ》る！』の見《み》だしがおどっているではないか。

まさかこの俺《おれ》が、新聞《しんぶん》の一面《めん》を飾《かざ》る日《ひ》がくるなんて思《おも》わなかった。

「べつに大《たい》したことねーよ」

照《て》れくささから、ついぶっきらぼうになってしまう。

それでも西田《にしだ》は、まるで自分《じぶん》のことのようにテンションがあがっているようだ。

「なに言《い》ってんすか、スゴイっすよ～！　取材《しゅざい》とかきてんじゃないすか？」

「バーカ、そんなわけねぇだろうが」

キョロキョロとあたりを見《み》まわす西田《にしだ》につられて、俺《おれ》も周《まわ》りを見《み》まわしかけて、ハタと気《き》づく。

そうだ。いまは張《は》りこみの真《ま》っ最中《さいちゅう》じゃねえか。浮《う》かれるのは後《あと》からだ。

せき払《ばら》いをひとつして、気《き》を引《ひ》きしめる。

「それよりホシだよ。田宮《たみや》のヤロウ、早《はや》く捕《つか》まえねぇと」

「そうっすね。絶対《ぜったい》に捕《つか》まえ……」

うなずきかけた西田《にしだ》と俺《おれ》の視線《しせん》が、同時《どうじ》に田宮《たみや》の姿《すがた》をとらえた。

にらんだ通《とお》りだ。この人波《ひとなみ》にまぎれて、やつはアパートに帰《かえ》ってきた。

「山岡《やまおか》さん！　田宮《たみや》っす！」

「よしっ、いくぞ！」

俺《おれ》たちは車《くるま》から飛《と》びだすと、田宮《たみや》の背後《はいご》に慎重《しんちょう》に近《ちか》づく。

学校《がっこう》や職場《しょくば》へむかう人波《ひとなみ》とは反対方向《はんたいほうこう》のアパートへ進《すす》む田宮《たみや》は、俺《おれ》たちにまだ気《き》づいていない。

その肩《かた》を、西田《にしだ》が、ポン、とたたいてふりむかせた。

やっとだ。やっと、この瞬間《しゅんかん》がきた。

胸《むね》ポケットから警察手帳《けいさつてちょう》を取《と》りだすと、田宮《たみや》が「しまった」というような顔《かお》になる。

「警察《けいさつ》だ！　ちょっと署《しょ》まできてもら……」

「おめでとうございます！」

そのときだ。

「山岡刑事《やまおかけいじ》、ただいまの『警察《けいさつ》だ！』が、通算《つうさん》５０００回目《かいめ》の『警察《けいさつ》だ！』でございます！」

「は？」

「おお〜！」

あのアナウンサーがあらわれた。

高《たか》らかな宣言《せんげん》と同時《どうじ》に、『通算《つうさん》５０００警察《けいさつ》だ！　達成《たっせい》』と書《か》かれたボードがわたされる。

それを見《み》た通勤途中《つうきんとちゅう》の人々《ひとびと》もいっせいに足《あし》を止《と》め、どよめきはじめる。

見《み》まわせば、西田《にしだ》も——それどころか田宮《たみや》まで、俺《おれ》にむかって惜《お》しみない拍手《はくしゅ》をくれているじゃないか。

「山岡刑事《やまおかけいじ》には副賞《ふくしょう》として、金《きん》の警察手帳《けいさつてちょう》が贈《おく》られます」

「「おめでとうございまーす！」」

通算《つうさん》ガールズもあらわれて、金色《きんいろ》にかがやく警察手帳《けいさつてちょう》と『通算《つうさん》くん人形《にんぎょう》』を手《て》わたしてくれる。

これはアレだろう？　投《な》げるんだろう？

期待《きたい》の眼差《まなざ》しにこたえて、ポーン、と放《ほう》れば、案《あん》の定《じょう》、集《あつ》まった通行人《つうこうにん》たちから拍手喝《はくしゅかっ》さいが巻《ま》き起《お》こった。

「あの、握手《あくしゅ》してもらってもいいですか!?」

「え？　ああ、いいですよ」

「オレも！　オレもお願《ねが》いします！」

「ああ、はい、応援《おうえん》ありがとうね」

ギャラリーが、我《われ》も我《われ》もとよってくるのに応《こた》えて、握手《あくしゅ》をする。

俺《おれ》の人気《にんき》もついにここまできたか！

西田《にしだ》は少《すこ》し離《はな》れたところから、うれしそうにこちらのようすを見《み》ている。

俺《おれ》とファンとの交流《こうりゅう》を邪魔《じゃま》しないように、気《き》をつかっているんだろう。

だが少《すこ》しして、

「あっ！　山岡《やまおか》さん！」

「ん？」

あわてた声《こえ》に顔《かお》をあげると、さっきまでそこにいた田宮《たみや》がいない。

「待《ま》てー！」

「あっ！」

隙《すき》を見《み》て逃《に》げだしたらしい田宮《たみや》を、西田《にしだ》が必死《ひっし》で追《お》いかけていく。

しまった！　ここまできて、逃《に》がしてたまるか！

俺《おれ》もあわててふたりを追《お》い——

「あ、また今度《こんど》ね。待《ま》てーっ！」

集《あつ》まってくれたギャラリーに手《て》をふると、また歓声《かんせい》がわき起《お》こる。

その声援《せいえん》を背中《せなか》に受《う》けながら、俺《おれ》も一目散《いちもくさん》にふたりのあとを追《お》いかけた。

田宮《たみや》の確保《かくほ》まで、あと少《すこ》し。

何日《なんにち》も何日《なんにち》も、聞《き》きこみをして、張《は》りこみをして、足《あし》どりをつかんで、ここまできた。

もうあとほんの少《すこ》しのところだというのに、田宮《たみや》もここが正念場《しょうねんば》とばかりに必死《ひっし》で逃《に》げる。

人波《ひとなみ》をぬけ、住宅地《じゅうたくち》の路地《ろじ》に逃《に》げこみ、路地《ろじ》から路地《ろじ》へ。

田宮《たみや》のヤロウめ、ネズミのようにちょこまかと逃《に》げる。足《あし》も速《はや》い。

逃《に》げる田宮《たみや》を西田《にしだ》が追《お》い、その背中《せなか》を俺《おれ》が追《お》い——

なかなか距離《きょり》は縮《ちぢ》まらない。

必死《ひっし》に追《お》いかけてはいるが、定年《ていねん》まぎわの俺《おれ》の足《あし》は、ふたりからだいぶ遅《おく》れている。

なにくそ！　俺《おれ》だって、あと少《すこ》しくらい——……！


ゼェゼェと息《いき》を切《き》らしながら追《お》いかけていると、俺《おれ》のずっと前《まえ》を走《はし》っていた西田《にしだ》が、ゴミの集積場《しゅうせきじょう》近《ちか》くで足《あし》を止《と》めたのが見《み》えた。

「はぁ、はぁ……っ、クッソォ！」

どうやら田宮《たみや》を見失《みうしな》ってしまったらしい。

ドタドタ、ぜぇはぁ、と必死《ひっし》で追《お》いついた俺《おれ》は、くやしがる西田《にしだ》の肩《かた》にポンと手《て》を乗《の》せる。

「……まあ、しかたない。またつぎだ。な！」

悔《く》やんでいてもしかたない。失敗《しっぱい》はつぎに生《い》かせばいいんだ。

はげますつもりでそう言《い》ったのだが、西田《にしだ》は真剣《しんけん》な表情《ひょうじょう》で首《くび》を横《よこ》にふった。

「いや……、つぎはないっす」

「西田《にしだ》？　どういうことだ？」

「自分《じぶん》、山岡《やまおか》さんの通算《つうさん》が気《き》になって調《しら》べたんですよ。これまでに山岡《やまおか》さんが逮捕《たいほ》した人数《にんずう》……実《じつ》は99人《にん》だったんです。つまり、奴《やつ》を捕《つか》まえれば通算《つうさん》100人《にん》なんですよ」

そこまで言《い》うと、西田《にしだ》はくやしそうにギリリと奥歯《おくば》をかんだ。

「でも、山岡《やまおか》さん、定年《ていねん》まであと、2日《か》しかないじゃないですか」

「…………」

つぎがない、とはそういう意味《いみ》か。

「自分《じぶん》は、山岡《やまおか》さんに、100人目《にんめ》を逮捕《たいほ》してもらって、刑事生活《けいじせいかつ》の花道《はなみち》、飾《かざ》ってほしいんです！　だからつぎはないんす！　ここまで追《お》いつめた今《いま》、絶対奴《ぜったいやつ》はまだ近《ちか》くにいる！」

あきらめない、と力《ちから》の入《はい》った目《め》で見《み》つめられ、俺《おれ》は胸《むね》が熱《あつ》くなってくるのを感《かん》じた。

こんなにまで俺《おれ》のことを思《おも》ってくれる部下《ぶか》が最後《さいご》の相棒《あいぼう》で、俺《おれ》の刑事人生《けいじじんせい》、なんて最高《さいこう》なんだ。

「若造《わかぞう》のクセに、でしゃばってすみません」

「いや、わかった……、なんとしても捕《つか》まえよう。絶対《ぜったい》にな！」

「はい！」

相棒《あいぼう》にそうまで言《い》われて、俺自身《おれじしん》があきらめてどうする！

田宮《たみや》の逮捕《たいほ》をかたく誓《ちか》い合《あ》ったそのとき、ゴミの山《やま》から少《すこ》し離《はな》れた場所《ばしょ》に積《つ》んであった大《おお》きな廃材《はいざい》が、ガタン、と地面《じめん》にくずれ落《お》ちてきた。

なんだ？　特《とく》に風《かぜ》も吹《ふ》いてねえぞ……？

ふたりで音《おと》のしたほうを見《み》て——粗大《そだい》ゴミのうしろから、田宮《たみや》がひょっこりでてこようとしている姿《すがた》を目撃《もくげき》した。

「「い、いたーッ‼」」

同時《どうじ》に指《ゆび》を差《さ》して俺《おれ》たちはさけんだ。

気《き》づいて逃《に》げようとした田宮《たみや》にむかって走《はし》りだす。

まさかこんなに早《はや》く見《み》つかるとは思《おも》っていなかったんだろう。

あわてた田宮《たみや》が、ありがたいことに足《あし》をもつれさせて転《ころ》んでしまった。

「うあっ！」

「しゃーっ！　このヤロウ！　手《て》こずらせやがって！」

「くっ……！」

すかさず間合《まあ》いをつめた西田《にしだ》が、容疑者《ようぎしゃ》・田宮《たみや》を取《と》りおさえ、はがいじめにして動《うご》きを封《ふう》じる。

「さ、山岡《やまおか》さん！　手錠《てじょう》を！」

「ああ」

刑事《けいじ》にとって、容疑者逮捕《ようぎしゃたいほ》は勲章《くんしょう》だ。

それを俺《おれ》にもたせてくれようとする西田《にしだ》の決意《けつい》と心意気《こころいき》に深《ふか》く感謝《かんしゃ》をして、俺《おれ》は、手錠《てじょう》を取《と》りだした。

これが、俺《おれ》の、１００回目《かいめ》の――

「田宮達明《たみやたつあき》、殺人未遂《さつじんみすい》の容疑《ようぎ》で逮捕《たいほ》する！」

俺《おれ》は、ガシャリと手錠《てじょう》をかけた！

観念《かんねん》したようにうつむく田宮《たみや》の上《うえ》からどいた西田《にしだ》は、自分《じぶん》のことのように喜《よろこ》んで、その場《ば》でガッツポーズをしてみせたくらいだ。

「よーっし！　１００回目《かいめ》！　１００回目《かいめ》だーっ！　山岡《やまおか》さん、やりましたね！」

「ああ」

これも西田《にしだ》の協力《きょうりょく》あってこそ、だ。

今度《こんど》の『通算《つうさん》くん人形《にんぎょう》』は、西田《にしだ》にこそもらってほしい。

「……あれ？」

「でて、こねぇな……？」

だというのに、あの陽気《ようき》なファンファーレも、アナウンスも聞《き》こえてこない。

俺《おれ》たちはキョロキョロとあたりを見《み》まわしてみるが、どこも静《しず》まりかえっている。

「おかしいっすね……？　おーい！」

西田《にしだ》も首《くび》をかしげながら、両手《りょうて》を口《くち》に当《あ》てて、どこにいるかもわからない奴《やつ》らに呼《よ》びかける。

「１００回目《かいめ》だー！　でてこいよー！　おーい！　記念《きねん》すべき１００回目《かいめ》の逮捕《たいほ》だぞー！」

何度《なんど》かさけぶと、廃材《はいざい》のむこうから、ようやくアナウンサーと通算《つうさん》ガールズが姿《すがた》をあらわした。

けれど、これまでとは打《う》って変《か》わって覇気《はき》がない。

のそのそと気《け》だるげに歩《ある》く彼《かれ》らの手《て》には、見慣《みな》れた『通算《つうさん》○回目《かいめ》』と書《か》かれたボードも、

『通算《つうさん》くん人形《にんぎょう》』もないようだ。

「ひょっとして、呼《よ》びました？」

「『呼《よ》びました？』じゃないよ。逮捕《たいほ》したよ」

「え？」

「『え？』じゃなくて、100回目《かいめ》だって。ほら、タ・イ・ホ」

いままでとあまりに態度《たいど》がちがう。

西田《にしだ》が焦《じ》れたようにこっちを指差《ゆびさ》すのに合《あ》わせて、俺《おれ》も、手錠《てじょう》をかけた田宮《たみや》の腕《うで》を持《も》ち
あげて見《み》せる。

「定年《ていねん》に、間《ま》に合《あ》いました……」

これでまたあの華《はな》やかなファンファーレが——

「はぁ」

——鳴《な》らない。

なんだ？　どうしたんだ？

西田《にしだ》も俺《おれ》と顔《かお》を見合《みあ》わせて、首《くび》をひねる。

それから気《き》を取《と》り直《なお》したように両手《りょうて》をパンとたたいた。

「じゃあ、いつものやろうか！　人《ひと》も集《あつ》まってきてるし、ね！」

言《い》われてあたりを見《み》まわせば、まばらにギャラリーが集《あつ》まってきている。

やっぱりみんな、俺《おれ》の『通算《つうさん》くん人形《にんぎょう》』を楽《たの》しみにしているんだなあ……

「まあ、じゃあやらせていただきますが……」

だというのに、アナウンサーはなぜか少《すこ》し面倒《めんどう》くさそうにあくびをかみ殺《ころ》した。

「それでは……え～、おっほん。それでは皆様《みなさま》、お待《ま》たせいたしました！」

咳払《せきばら》いで気持《きも》ちをやっと入《い》れかえたらしい。

ファンファーレは聞《き》こえないものの、声《こえ》に張《は》りと明《あか》るさがでた。

いいぞ、いいぞ……

「山岡刑事《やまおかけいじ》、ただいまの逮捕《たいほ》が、通算《つうさん》99回目《かいめ》の逮捕《たいほ》でございます」

「え!?」

「99回目《かいめ》……?」

思《おも》わぬ数字《すうじ》に、西田《にしだ》がおどろいた声《こえ》をあげる。俺《おれ》もぼうぜんとつぶやいてしまった。

ギャラリーたちもざわついている。

西田《にしだ》がアナウンサーにつめよった。

「なに言《い》ってんだよ、100回目《かいめ》だろ? 俺《おれ》調《しら》べたんだぞ!」

「まぁまぁまぁ、落《お》ちついて」

興奮《こうふん》する西田《にしだ》を、アナウンサーが、どうどう、と両手《りょうて》で制《せい》す。

それから一呼吸《ひとこきゅう》おいて、

「実《じつ》は、1回《かい》だけ、まぼろしの逮捕《たいほ》がございまして」

神妙《しんみょう》な顔《かお》でそう言《い》った。

まぼろしの逮捕《たいほ》? なんのことだ?

「言《い》いにくいんですが、1回《かい》だけ、誤認逮捕《ごにんたいほ》が……」

「誤認《ごにん》?」

つまり俺《おれ》が犯人《はんにん》をまちがえて逮捕《たいほ》していた、と。

そういうことか？

「ええ」

「犯人《はんにん》じゃねえ奴《やつ》を山岡《やまおか》さんが逮捕《たいほ》してたって、そう言《い》うのかよ！」

「はい……」

「山岡《やまおか》さんに限《かぎ》って、そんなことあるわけねえだろ！」

俺《おれ》よりも腹《はら》を立《た》てて、西田《にしだ》がアナウンサーの胸《むな》ぐらをつかむ。

アナウンサーは申《もう》し訳《わけ》なさそうになにかを言《い》いかけて、ちらりと俺《おれ》のほうを見《み》た。

「…………」

誤認逮捕《ごにんたいほ》……無実《むじつ》の人間《にんげん》に、俺《おれ》が罪《つみ》をきせた――……そんな、ことが……

「では我々《われわれ》、つぎがありますんで……」

男《おとこ》は西田《にしだ》の挑発《ちょうはつ》にはまるで乗《の》らず、自分《じぶん》をつかむ手《て》をゆっくりとほどくと、俺《おれ》にぺこりと頭《あたま》をさげた。そのまま通算《つうさん》ガールズたちと、つかまえたタクシーに乗《の》ってしまう。

「おい！　ちょっと待《ま》てよ！　おい！」

タクシーはエンジン音《おん》をひびかせながら走《はし》りはじめた。

俺《おれ》たちを囲《かこ》うように集《あつ》まっていたギャラリーたちも、肩《かた》すかしをくらわせられたと言《い》わんばかりに、ブツブツと文句《もんく》を言《い》いながら散《ち》っていく。

99回目《かいめ》の逮捕《たいほ》、のこるひとつは無実《むじつ》の逮捕《たいほ》――……。

もやもやとした想《おも》いを胸《むね》に、俺《おれ》と西田《にしだ》は答《こた》えてくれないタクシーの小《ちい》さくなる姿《すがた》を見送《みおく》るしかなかった。

＊＊＊

「ったく、なんなんだよあいつ！　100回目《かいめ》だっていうのにケチつけやがって。山岡《やまおか》さんに限《かぎ》って誤認《ごにん》なんてありえないっつーの！　ねえ!?」

田宮《たみや》を拘置所《こうちしょ》に引《ひ》きわたし、俺《おれ》は警察署《けいさつしょ》の自分《じぶん》のデスクに腰《こし》をおろした。

あれからずっと不満《ふまん》らしい西田《にしだ》になにを言《い》われても、俺《おれ》の頭《あたま》にはアナウンサーに言《い》われた言葉《ことば》が、ぐるぐるずっとまわっている。

誤認逮捕《ごにんたいほ》、無実《むじつ》の人間《にんげん》に、罪《つみ》を——

そのときだ。

『つづいてのニュースです。会社社長《かいしゃしゃちょう》に対《たい》する強盗殺人《ごうとうさつじん》の罪《つみ》で、無期懲役《むきちょうえき》となっていた元《もと》会社役員《かいしゃやくいん》、本村雄一《もとむらゆういち》被告《ひこく》に対《たい》する裁判《さいばん》が最高裁《さいこうさい》でおこなわれ、本村《もとむら》被告《ひこく》の逆転無罪《ぎゃくてんむざい》が確定《かくてい》しました』

つけっぱなしになっているテレビから流《なが》れたニュースに、いっせいに署内《しょない》がざわめいた。

俺《おれ》も食《く》い入《い》るように見《み》つめてしまう。

本村雄一《もとむらゆういち》——……本村《もとむら》!?

『冤罪《えんざい》が疑《うたが》われていたいわゆる［本村事件《もとむらじけん》］は、逮捕《たいほ》から15年経《ねんた》っての無罪決着《むざいけっちゃく》となり、当時《とうじ》の捜査本部《そうさほんぶ》の対応《たいおう》に注目《ちゅうもく》が集《あつ》まります。そして、真犯人《しんはんにん》の行方《ゆくえ》は？　最高裁判所《さいこうさいばんしょ》から中継《ちゅうけい》です』

画面《がめん》が切《き》り替《か》わり、たくさんのカメラの前《まえ》で話《はな》す本村《もとむら》が映《うつ》しだされる。

「本村《もとむら》ってたしか、山岡《やまおか》さんが逮捕《たいほ》したんですよね？」

「…………」

西田《にしだ》の言葉《ことば》に、署内《しょない》がピリッとした空気《くうき》になった。

そうだ。本村《もとむら》は俺《おれ》が逮捕《たいほ》した。

よく覚《おぼ》えているな、そんな昔《むかし》の話《はなし》を。

「あ、もしかして誤認《ごにん》って本村《もとむら》のことじゃ――」

「あいつはクロだ！」

俺《おれ》は思《おも》わず声《こえ》を荒《あら》らげ、机《つくえ》をバンとたたきつける。

とつぜんの剣幕《けんまく》に署内《しょない》は静《しず》まりかえってしまった。

「す、すいません……」

西田《にしだ》がしょんぼりと肩《かた》を落《お》として頭《あたま》をさげる。

……ちがう。おまえは悪《わる》くないんだ。

けれど俺《おれ》が口《くち》をひらく前《まえ》に、アナウンサーがどこからともなく署内《しょない》にひょっこりと入《はい》ってきた。

「おめでとうございます。山岡刑事《やまおかけいじ》、ただいま、机《つくえ》を『バン！』とたたきましたのが、通《つう》算《さん》500回目《かいめ》の『机《つくえ》バン』でございま——」

「うるせぇ！」

そんなのまでいちいち数《かぞ》えて祝《いわ》おうとするな！

いらだちまかせにどなりつけると、アナウンサーも、そのうしろで俺《おれ》に『通算《つうさん》くん人《にん》形《ぎょう》』をわたそうとしていたらしい通算《つうさん》ガールズたちも、ビクリと飛《と》びはねた。

……これは完全《かんぜん》なやつ当《あ》たりだ。

自分《じぶん》でもわかっているが、どうしようもない。

俺《おれ》はそのまま、荒々《あらあら》しく部屋《へや》をでていった。

＊＊＊

そうして迎《むか》えた定年当日《ていねんとうじつ》。

先日《せんじつ》のとんだニュースのせいで、気分《きぶん》はまるでいいとは言《い》えない。

張《は》りこみ交替《こうたい》の時間《じかん》まであと少《すこ》し。

俺《おれ》は、だれもいない公園《こうえん》のベンチに腰《こし》かけて、相棒《あいぼう》である西田《にしだ》の到着《とうちゃく》を待《ま》っていた。

ここにくる前《まえ》、近《ちか》くのコンビニで買《か》ってきた新聞《しんぶん》をばさりとひらく。

見《み》だしにはデカデカと、『本村事件《もとむらじけん》で急展開《きゅうてんかい》！　捜査本部《そうさほんぶ》、真犯人《しんはんにん》を特定《とくてい》か!?』の文字《もじ》がおどっていた。

「お待《ま》たせしました」

「おう」

「……今日《きょう》でいよいよ定年《ていねん》ですね」

やってきた西田《にしだ》が、俺《おれ》の持《も》つ新聞《しんぶん》の見《み》だしを見《み》て、バツが悪《わる》そうに視線《しせん》をそらす。

けれど、すぐにベンチの横《よこ》に置《お》いてあるボードに目《め》をとめた。

「あれ？　山岡《やまおか》さん、今日《きょう》なにか達成《たっせい》したんですか？」

『通算《つうさん》60回目《かいめ》の誕生日《たんじょうび》』と書《か》かれたボードの文字《もじ》を見《み》せてやる。

今日《きょう》が俺《おれ》の誕生日《たんじょうび》、つまり、刑事生活最後《けいじせいかつさいご》の日《ひ》、ということだ。

気《き》づいた西田《にしだ》は、言《い》いにくそうに口《くち》ごもった。

「あー……明日《あした》から、どうするんですか？」

「わかんねぇ。それより、今日中《きょうじゅう》に通算《つうさん》100人目《にんめ》達成《たっせい》するぞ」

定年《ていねん》した後《あと》のことなんか、いま考《かんが》えてもしかたがない。

犯罪《はんざい》はいつだって起《お》こっているし、今日《きょう》が終《お》わるまで、俺《おれ》は刑事《けいじ》だ。

気持《きも》ちをこめてそう言《い》うと、西田《にしだ》の顔《かお》にも笑顔《えがお》がもどる。

「そうっすね。よし！　山岡《やまおか》さん、張《は》りこみいきますか！」

「おう！」

ベンチから腰《こし》をあげたそのとき。

「山岡《やまおか》さん、お久《ひさ》しぶりです」

ふいにあらわれた男《おとこ》の姿《すがた》に、俺《おれ》は息《いき》を飲《の》みこんだ。

やつれた風体《ふうてい》、ニヤけた顔《かお》つき——見《み》まちがえるわけがない。

昨日《きのう》のニュースで、そしていま、俺《おれ》の持《も》つ新聞《しんぶん》の見《み》だしを飾《かざ》っているその男《おとこ》——

「あっ！」

「本村《もとむら》……」

西田《にしだ》も気《き》づいたらしい。やっぱり俺《おれ》の相棒《あいぼう》は、優秀《ゆうしゅう》で勘《かん》がいい。

「15年《ねん》ぶりですね。お元気《げんき》そうで」

「なにしにきた」

「なにしに？　ふふふっ、あいかわらず口《くち》が悪《わる》い。ようやくでられたんで、ご挨拶《あいさつ》にきたんじゃないですか。ゆっくり話《はな》しましょうよ」

本村《もとむら》は妙《みょう》に丁寧《ていねい》な口調《くちょう》で、俺《おれ》たちの近《ちか》くへと歩《ある》いてくる。

本当《ほんとう》に出所《しゅっしょ》したばかりなんだろう。手《て》には小《ちい》さな紙袋《かみぶくろ》だけで、中《なか》から洗濯物《せんたくもの》らしいシャツがちょこんとのぞいていた。

「話《はな》すことなどなにもない。これから張《は》りこみだ。帰《かえ》ってくれ」

いたたまれなさを感《かん》じながらも、俺《おれ》は本村《もとむら》の横《よこ》を通《とお》りぬけようとした。

「山岡《やまおか》さん、私《わたし》があなたをどれほど恨《うら》んだか、わかりますか？」

けれど、その言葉《ことば》に足《あし》が止《と》まる。

「やってもないのに逮捕《たいほ》されて、無理矢理自供《むりやりじきょう》させられて……家族《かぞく》はバラバラ、世間《せけん》からは信用《しんよう》を失《うしな》い、こうやってでてきても、もう、帰《かえ》る家《いえ》も仕事《しごと》もないんですよ」

「…………」

それは、無視《むし》して通《とお》りすぎるにはあまりに悲痛《ひつう》な言葉《ことば》だった。

たんたんと事実《じじつ》をつげてくる本村《もとむら》の言葉《ことば》に、胃《い》の奥《おく》がギリギリと痛《いた》みを訴《うった》えてくる。

「謝《あやま》って下《くだ》さいよ」

「…………」

「ねえ。山岡《やまおか》さん、謝《あやま》って下《くだ》さいよ！」

立《た》ち尽《つ》くす俺《おれ》の肩《かた》をつかみ、本村《もとむら》はゆさぶりながらさけんだ。

西田《にしだ》があわてて止《と》めに入《はい》る。

「やめろ本村《もとむら》！　責任《せきにん》は警察全体《けいさつぜんたい》にあるんだ！」

「うるせぇ！　おまえになにがわかる！」

本村《もとむら》の気持《きも》ちが、痛《いた》いほど伝《つた》わってくる。

「山岡《やまおか》、なんとか言《い》ったらどうなんだ山岡《やまおか》ぁ！」

そうだ。そうだよな。本村《もとむら》、わかるさ。やってもないのに逮捕《たいほ》されて、自供《じきょう》させられて、家族《かぞく》はバラバラ——そうさせたのは——……

俺《おれ》は、静《しず》かに地面《じめん》に膝《ひざ》をついた。

「!?」

「本村《もとむら》、すまない……」

地面《じめん》に額《ひたい》をこすりつけるように、深々《ふかぶか》と頭《あたま》をさげる。

「山岡《やまおか》さん……」

西田《にしだ》が困惑《こんわく》したように俺《おれ》を呼《よ》ぶ。警察全体《けいさつぜんたい》を代表《だいひょう》したように思《おも》ったんだろう。

けど、ちがうんだ。俺《おれ》は、俺《おれ》は——

「山岡刑事《やまおかけいじ》、ただいまの『本村《もとむら》、すまない』が、通算《つうさん》10000回目《かいめ》の『本村《もとむら》、すまない』でございます」

いつのまにそこにいたのか、アナウンサーが、静《しず》かに新《あたら》しい通算《つうさん》を俺《おれ》に伝《つた》えた。

「10000!?」

謝罪《しゃざい》としては多《おお》い回数《かいすう》に、本村《もとむら》がおどろいた声《こえ》をあげた。

「そんなに？　いくらなんでも数《かぞ》えまちがいじゃないのか？」

西田《にしだ》も信《しん》じられないとばかりに男《おとこ》につめよる。

けれどもアナウンサーは「いいえ」と首《くび》を横《よこ》にふった。

「正確《せいかく》な情報《じょうほう》です。この15年《ねん》、山岡《やまおか》さんは、多《おお》いときは1日《にち》に何回《なんかい》も」

「どういうことだ！」

「はっ、もしかして……」

俺《おれ》の態度《たいど》とアナウンサーの言葉《ことば》で、西田《にしだ》は勘《かん》づいたようだ。

「山岡《やまおか》さんは、冤罪《えんざい》だと知《し》っていたんじゃ……」

やっぱり、こいつは勘《かん》がいい。絶対《ぜったい》にいい刑事《けいじ》になる。

俺《おれ》が、いなくなっても、だ。

「……15年前《ねんまえ》のあの日《ひ》のことは、鮮明《せんめい》に覚《おぼ》えている……」

そっと息《いき》をついて、俺《おれ》は、あの日《ひ》のことを話《はな》しはじめた。

＊＊＊

「俺《おれ》が駅《えき》からの道《みち》を歩《ある》いていると、建物《たてもの》の中《なか》から口論《こうろん》する声《こえ》が聞《き》こえてきた。窓《まど》のすきまからのぞくと、声《こえ》の主《ぬし》は水島食品《みずしましょくひん》の社長《しゃちょう》と部下《ぶか》の本村《もとむら》で、金《かね》のトラブルのようだった。そして、殴《なぐ》りかかった社長《しゃちょう》は本村《もとむら》にかわされると、運悪《うんわる》く後頭部《こうとうぶ》を机《つくえ》にぶつけ、動《うご》かなくなってしまった。おそろしくなったのか、本村《もとむら》は一目散《いちもくさん》に部屋《へや》を飛《と》びだしていった。ほんの数秒《すうびょう》のできごとで、明《あき》らかに事故《じこ》だった……」

俺《おれ》はあわてて部屋《へや》の中《なか》に飛《と》びこんだ。もちろん、社長《しゃちょう》を助《たす》けるためだ。

「救急車《きゅうきゅうしゃ》を呼《よ》ぼうとした。そのときだ。俺《おれ》は、机《つくえ》の上《うえ》の札束《さつたば》に気《き》がついてしまった……」

言《い》わんとすることを察《さっ》した西田《にしだ》が、ハッとした表情《ひょうじょう》になる。

そう、あのころ――俺《おれ》は金《かね》に困《こま》っていた。

「難病《なんびょう》を抱《かか》えていた娘《むすめ》の手術《しゅじゅつ》に、金《かね》が必要《ひつよう》な時期《じき》だった。だから――……気《き》がつくと俺《おれ》は金《かね》をうばい、まだ息《いき》のあった社長《しゃちょう》を置《お》き去《ざ》りにして、そのまま現場《げんば》を立《た》ち去《さ》っていた」

その後《ご》、状況証拠《じょうきょうしょうこ》から捜査本部《そうさほんぶ》は本村《もとむら》を犯人《はんにん》と断定《だんてい》した。

俺《おれ》はあの夜《よる》すべての事情《じじょう》を知《し》っていたのに、その方針《ほうしん》にしたがい、本村《もとむら》を追《お》いつめ、逮《たい》捕《ほ》して、うそだと知《し》ってて自供《じきょう》をさせて……

「娘《むすめ》の手術《しゅじゅつ》は成功《せいこう》し、去年《きょねん》、結婚《けっこん》したよ……でも生《い》きてる心地《ここち》がしなかった。人《ひと》の人生《じんせい》を犠牲《ぎせい》にして、それで命《いのち》が救《すく》われた娘《むすめ》にも、申《もう》し訳《わけ》なくて……この15年《ねん》、胃薬《いぐすり》ばかり飲《の》んでいたよ……」

俺《おれ》の告白《こくはく》に、西田《にしだ》も本村《もとむら》もがくぜんとして立《た》ち尽《つ》くしていた。

当然《とうぜん》だ。

刑事《けいじ》として尊敬《そんけい》してくれていた西田《にしだ》を裏切《うらぎ》り、本村《もとむら》にいたってはあ人生《じんせい》を台無《だいな》しにした真《しん》犯人《はんにん》が、この俺《おれ》なんだ。

「本村《もとむら》、本当《ほんとう》に、本当《ほんとう》に、すまない……」

どう謝《あやま》ったって、つぐないきれないとわかっている。

けれど、頭《あたま》を地面《じめん》にめりこませるくらいのいきおいで何度《なんど》も何度《なんど》も謝《あやま》る。それしかできない。

「山岡《やまおか》……」

「山岡《やまおか》さん……」

そのとき、遠《とお》くのほうから聞《き》きなれたパトカーのサイレンが聞《き》こえてきた。

音《おと》はだんだん近《ちか》くなり、車《くるま》が数台《すうだい》、少《すこ》し離《はな》れたところに停《と》まったようだ。

(ああ、そうか)

今日《きょう》の新聞《しんぶん》の見《み》だしに、捜査本部《そうさほんぶ》が真犯人《しんはんにん》を特定《とくてい》したと書《か》いてあったと思《おも》いだす。

パトカーから見知《みし》った刑事《けいじ》や警察官《けいさつかん》が、俺《おれ》を目《め》がけてやってくるのが見《み》えた。

「いたぞ、あそこだ!」

「くるな!」

俺《おれ》を確保《かくほ》しようとしている面々《めんめん》に、俺《おれ》はさけんだ。

べつに逃《に》げようというわけじゃない。俺《おれ》は罪《つみ》を犯《おか》した。とりかえしのつかないことをした。

だから——、でも、せめて。

俺《おれ》はゆっくりと立《た》ちあがると、すぐ横《よこ》にいた西田《にしだ》に両手《りょうて》を差《さ》しだした。

犯人逮捕《はんにんたいほ》は、刑事《けいじ》の勲章《くんしょう》だ。だから、西田《にしだ》に。

もう俺《おれ》がしてやれることはこれしかない。

手錠《てじょう》をかけるように目《め》で訴《うった》える。

だが西田《にしだ》は、取《と》りだした手錠《てじょう》を俺《おれ》にわたした。

「花道《はなみち》、飾《かざ》ってください……」

まっすぐに俺《おれ》を見《み》つめる西田《にしだ》の声《こえ》が、ふるえている。

ああ、おまえは、絶対《ぜったい》いい刑事《けいじ》になるよ。

「花道《はなみち》か……、皮肉《ひにく》だな……」

今日《きょう》が俺《おれ》の刑事人生最後《けいじじんせいさいご》の日《ひ》で、これが、俺《おれ》の、最後《さいご》の逮捕《たいほ》。

俺《おれ》は西田《にしだ》から受《う》けとった手錠《てじょう》を自分《じぶん》の手首《てくび》に押《お》し当《あ》てて――

カシャンッ

ゆっくり、しっかりと、自分自身《じぶんじしん》に手錠《てじょう》をかける。

「おめでとうございます。山岡刑事《やまおかけいじ》、ただいまの逮捕《たいほ》が、通算《つうさん》100回目《かいめ》の逮捕《たいほ》でございます」

アナウンサーの神妙《しんみょう》な声《こえ》で、最後《さいご》の『通算《つうさん》』が静《しず》かにあたりにひびきわたった。

ファンファーレは聞《き》こえない。

拍手《はくしゅ》も、歓声《かんせい》も。

通算《つうさん》ガールズからそっとわたされた最後《さいご》の『通算《つうさん》くん人形《にんぎょう》』を、ほしがるギャラリーもどこにもいない。

「…………」

俺《おれ》は、俺《おれ》を待《ま》つ刑事《けいじ》たちのほうへと足《あし》をむけた。

そうしてパトカーのうしろに乗《の》りこむ前《まえ》に、俺《おれ》は『通算《つうさん》くん人形《にんぎょう》』を天高《てんたか》く、ポーンッと放《ほう》り投《な》げる。

だれにも受《う》けとられないそれがコロンと地面《じめん》に落《お》ちて、俺《おれ》を乗《の》せたパトカーは、ふたたびサイレンを鳴《な》らしながら、警察署《けいさつしょ》へと走《はし》りだした――……。

おわり

この本は、下記のテレビドラマ作品をもとに
小説化されました。

世にも奇妙な物語 春の特別編
「トイレの落書」
(1995年4月3日放送)
脚本：鈴木勝秀

世にも奇妙な物語 秋の特別編
「採用試験」
(2002年10月3日放送)
脚本：武井彩

世にも奇妙な物語 秋の特別編
「おばあちゃん」
(2001年10月4日 放送)
脚本：落合正幸

世にも奇妙な物語 ～21世紀21年目の特別編～
「通算」
(2011年5月14日放送)
脚本：ふじきみつ彦

制作 フジテレビ
制作著作 共同テレビ

集英社みらい文庫

世《よ》にも奇妙《きみょう》な物語《ものがたり》

ドラマノベライズ 逃《に》げられない地獄編《じごくへん》

小川《おがわ》彗《すい》　著
上地優歩《うえじゆうほ》　絵
鈴木勝秀《すずきかつひで》・武井彩《たけいあや》・落合正幸《おちあいまさゆき》・ふじきみつ彦《ひこ》　脚本

ファンレターのあて先
〒101-8050　東京都千代田区一ツ橋2-5-10　集英社みらい文庫編集部
いただいたお便りは編集部から先生におわたしいたします。

2018年4月30日　第1刷発行
2020年4月14日　第2刷発行

発行者　北畠輝幸
発行所　株式会社 集英社
〒101-8050　東京都千代田区一ツ橋2-5-10
電話　編集部 03-3230-6246
読者係 03-3230-6080
販売部 03-3230-6393（書店専用）
http://miraibunko.jp
装丁　諸橋藍（釣巻デザイン室）　中島由佳理
協力　株式会社フジテレビジョン／
株式会社共同テレビジョン
印刷　大日本印刷株式会社　凸版印刷株式会社
製本　大日本印刷株式会社

★この作品はフィクションです。実在の人物・団体・事件などにはいっさい関係ありません。

ISBN978-4-08-321434-9　C8293　N.D.C.913　188P　18cm

第《だい》12弾《だん》

家族《かぞく》のうらぎり編《へん》

第《だい》13弾《だん》

不幸《ふこう》を呼《よ》ぶ親友《しんゆう》編《へん》

第《だい》16弾《だん》

満《み》たされないココロ編《へん》

第《だい》14弾《だん》

死《し》を招《まね》く都市伝説《としでんせつ》編《へん》

第《だい》15弾《だん》

呪《のろ》われた初恋《はつこい》編《へん》

第《だい》17弾《だん》

笑顔《えがお》の裏《うら》の本音《ほんね》編《へん》

第《だい》18弾《だん》

ナイモノねだりの報《むく》い編《へん》

第《だい》19弾《だん》

人気者《にんきもの》の正体《しょうたい》編《へん》

第《だい》20弾《だん》

いびつな恋愛《れんあい》編《へん》

第《だい》21弾《だん》

つきまとう黒《くろ》い影《かげ》編《へん》

第《だい》22弾《だん》

悪意《あくい》にまみれた友《とも》だち編《へん》

第《だい》23弾《だん》

災《わざわ》いを生《う》むウワサ編《へん》

第《だい》24弾《だん》

悪魔《あくま》のいる教室《きょうしつ》編《へん》

第《だい》27弾《だん》

最新刊《さいしんかん》

黄泉《よみ》の誕生《たんじょう》編《へん》

第《だい》25弾《だん》

むきだしの願望《がんぼう》編《へん》

第《だい》26弾《だん》

還《かえ》り道《みち》のない旅《たび》編《へん》

「みらい文庫《ぶんこ》」読者《どくしゃ》のみなさんへ

言葉《ことば》を学《まな》ぶ、感性《かんせい》を磨《みが》く、創造力《そうぞうりょく》を育《はぐく》む……、読書《どくしょ》は「人間力《にんげんりょく》」を高《たか》めるために欠《か》かせません。
たった一枚《いちまい》のページをめくる向《む》こう側《がわ》に、未知《みち》の世界《せかい》、ドキドキのみらいが無限《むげん》に広《ひろ》がっている。
これこそが「本《ほん》」だけが持《も》っているパワーです。

学校《がっこう》の朝《あさ》の読書《どくしょ》に、休《やす》み時間《じかん》に、放課後《ほうかご》に……。いつでも、どこでも、すぐに続《つづ》きを読《よ》みたくなるような、魅力《みりょく》に溢《あふ》れる本《ほん》をたくさん揃《そろ》えていきたい。読書《どくしょ》がくれる、心《こころ》がきらきらしたり胸《むね》がきゅんとする瞬間《しゅんかん》を体験《たいけん》してほしい、楽《たの》しんでほしい。みらいの日本《にほん》、そして世界《せかい》を担《にな》うみなさんが、やがて大人《おとな》になった時《とき》、「読書《どくしょ》の魅力《みりょく》を初《はじ》めて知《し》った本《ほん》」「自分《じぶん》のおこづかいで初《はじ》めて買《か》った一冊《いっさつ》」と思《おも》い出《だ》してくれるような作品《さくひん》を一所懸命《いっしょけんめい》、大切《たいせつ》に創《つく》っていきたい。

そんないっぱいの想《おも》いを込《こ》めながら、作家《さっか》の先生方《せんせいがた》と一緒《いっしょ》に、私《わたし》たちは素敵《すてき》な本作《ほんづく》りを続《つづ》けていきます。「みらい文庫《ぶんこ》」は、無限《むげん》の宇宙《うちゅう》に浮《う》かぶ星《ほし》のように、夢《ゆめ》をたたえ輝《かがや》きながら、次々《つぎつぎ》と新《あたら》しく生《う》まれ続《つづ》けます。

本《ほん》を持《も》つ、その手《て》の中《なか》に、ドキドキするみらい――。
本《ほん》の宇宙《うちゅう》から、自分《じぶん》だけの健《すこ》やかな空想力《くうそうりょく》を育《そだ》て、〝みらいの星《ほし》〟をたくさん見《み》つけてください。
そして、大切《たいせつ》なこと、大切《たいせつ》な人《ひと》をきちんと守《まも》る、強《つよ》くて、やさしい大人《おとな》になってくれることを心《こころ》から願《ねが》っています。

2011年《ねん》　春《はる》

集英社《しゅうえいしゃ》みらい文庫編集部《ぶんこへんしゅうぶ》